华夏文库·儒学书系

礼情交响

儒家与戏曲

刘玉敏 著

大地传媒　中州古籍出版社

《华夏文库》发凡

毫无疑问，每一个时代都有属于自己时代的精神追求、文化叩问与出版理想。我们不禁要问，在21世纪初叶，在全球文明交融的今天，在信息文明的发轫初期，作为一个中国出版人，我们正在或者将要追求什么？我们能够成就或奉献什么？我们以何种方式参与全球化时代的文化传播进程？在一连串的追问下，于是，有了这套《华夏文库》的出版。

自信才能交融。世界各大文明在坚守自身文化个性的同时，不约而同地加快了探视其他文化精神内涵的步伐，世界不同文明正在朝着了解、交流、碰撞、借鉴与融合的方向前进。在此背景下，建立自身的文化自信，正是与世界各文明民族进行文化交流的基本要求。五千年中华文明与文化正在不断地被其他文明所发现、所挖掘、所认知，汉语言正在生长为世界语言，儒文化正在世界各地生根发芽。

借助这样一种正在成长着的文化自信、自觉、开放、亲和之力，用我们这个时代的学术眼光全面系统梳理中华五千年的文明与文化，向其他各大文明与文化圈正面展示自我，让中华优秀文化成为世界文化的重要组成部分，正是我们出版这套文库的目的之一。此其一。

知己才能知彼。身处五千年文化浸润的今天，重新思考我们先人的人生思考、价值思考与哲学思考，找到一个民族、一个国家的价值所在、立命所在、安身所在，这已经是我们这个时代的学人与出版人不得不再思考的问题。作为中华文明的一分子，我们在思考的同时，还必须了解我们的先人创造了如何优秀的精神文明与物质文明以及社会文明。只有熟知自己的文化，热爱自己的文化，悟明自己的文化，我们才能宣说自己、弘扬自己、光大自己。因此，我们策划组织这套《华夏文库》的初衷，还在于让当下的知识青年全面系统瞭望中华文明与文化的全景，并借此能够对更为深广的世界各民族文化提供一个比较认知的基础。此其二。

顺势才能有为。我们正处在农耕文明、工业文明、信息文明的交汇处，信息文明带领我们从读纸时代进入读屏时代，以智能手机屏幕为代表的书籍呈现方式正在与纸质书籍争夺阅读时间与空间。我们正在领悟数字技术，正在以信息文明的视角，去整理、分析和研究农耕文明与工业文明的文化遗产，不仅仅是为了唤醒优秀的传统文化，我们还在生发和原创着当今时代的文化。由此，我们试图架起一座桥梁——由纸质呈现而数字呈现，由数字呈现而纸质呈现，以多媒介的书籍呈现方式，将文字、图像、声音与视频四者结合，共同筑成《华夏文库》以奉献给信息文明时代的新读者。此其三。

总之，这是一套——专家大家名家写小书；以最小的阅读单元，原创撰写中华精神文化、物质文化与社会文明系列主题与专题；以图文、音视频多媒介呈现的方式，全面介绍与传播中华文明与优秀文化，系统普及与推介中华文明与文化知识；主旨是为了让世界与中国共同了解中国的——大型丛书，借此，复兴文化，唤起精神，融入世界。

耿相新

2013年6月27日

目 录

引言

一 发乎情，止乎礼
——儒家的价值理念与戏曲主题设计

    1 厚人伦，美风化⋯⋯⋯⋯⋯⋯⋯⋯⋯⋯⋯⋯⋯⋯9
    2 止于至善⋯⋯⋯⋯⋯⋯⋯⋯⋯⋯⋯⋯⋯⋯⋯⋯⋯20
    3 善恶有报⋯⋯⋯⋯⋯⋯⋯⋯⋯⋯⋯⋯⋯⋯⋯⋯⋯26

二 乐者，德之华
——儒家的道德取向与戏曲人物塑造

    1 智仁勇
       ——戏曲中的英雄形象⋯⋯⋯⋯⋯⋯⋯⋯⋯⋯35

2　忠孝廉节
　　　　——理学对戏曲的渗透……………………………41

　　3　三从四德
　　　　——戏曲中的传统妇女形象………………………51

三　理与情的张力
　　——存理去欲与情欲至上

　　1　人情之大窦，为名教之至乐
　　　　——冲破礼教的女子形象…………………………63

　　2　从来食色性相同
　　　　——批判假道学……………………………………74

　　3　乐而不淫，哀而不伤
　　　　——戏曲中的中庸之道……………………………80

四　情与礼的交融
　　——儒家的政治理念对戏曲的影响

　　1　忠君爱国………………………………………………88

2 错勘贤愚枉做天
    ——戏曲中的法治梦·················96

3 前事不忘，后事之师
    ——传统历史剧·················103

结语

小知识目录

优孟衣冠	7
李可及戏三教	7
高明呕心作《琵琶》	18
不义的丘浚	18
《鸣凤记》的影响	50
商小玲肠断《牡丹亭》	73
可怜一夜《长生殿》,断送功名到白头	85
京剧电影《白蛇传》	85
元代官员的任命	101
包拯言志诗	101
以身殉国的南宋将士	113
朱熹是假道学吗?	117

引言

戏曲是以歌舞、动作、念白等形式来演绎某一故事的一种综合性艺术。中国戏曲源远流长，它起源于古代歌舞，《尚书·舜典》记载舜时设立了乐官，"击石拊石，百兽率舞"，人们扮成百兽依着音乐

马家窑文化舞蹈纹彩陶盆
盆内壁上绘有组合式舞蹈纹，纹中人物相互牵手而舞、分腿而蹈，颇具韵律感

角抵图

角抵戏起源于古代神话英雄人物蚩尤。据说他头有角，耳如剑，与人争斗时善于用角抵人，后来便由此演化成为"角抵戏"。此图中两人头戴蚩尤面具进行角抵戏表演，似仍保留远古时代角抵戏的风貌

唐代踏谣娘舞俑

《教坊记》记载：北齐时河朔苏某，烂鼻貌丑，不曾做官却自称郎中，嗜酒，常在醉后殴打他的妻子。苏妻貌美善歌，将满怀悲怨谱为词曲，倾诉自己的不幸

而舞蹈。春秋战国时期，宫廷内开始有优人表演，主要以戏谑打诨、讥讽时事为内容，著名的"优孟衣冠"就属此类。

到了汉代，优人被称为"俳优"。汉武帝时出现了角抵戏，又称"百戏"，主要由两个实力相当的人角力气、角技艺、角射御。汉代以后，偶尔开始演绎故事。但是正式以歌舞来演绎一个故事，始于北齐。《大面》是典型代表。据《旧唐书·音乐志》记载，北齐兰陵王长恭，武艺超群，胆勇过人，但天生一副妇人像。他嫌自己相貌不足以威慑敌军，便做了个假面，每次上阵都戴上，于是勇冠三军，令敌人丧胆。齐人

参军戏俑

这对俑表情生动,好似相互呼应,被认为是参军戏俑。参军戏在唐代极为流行,戏中以参军为主角,以苍鹘为配角,与现代的相声很相似

制成歌舞,仿效他指挥击刺的动作,称为《兰陵王入阵曲》。故事极为简单,所以与其说是戏,不如说是舞蹈更为妥当。

至唐代,歌舞戏日益发达,出现了滑稽戏、参军戏。滑稽戏较先秦的优人表演,更自由更随意。优人们随机应变,所演绎之故事信手拈来,俯拾即成。以言语为主,没有歌舞,很类似于今天的小品。参军戏则是一系列以参军为主角的故事,故事简单,以歌舞为主。这些都不能算作真正意义上的戏曲。一直到宋金时期,才有纯粹演故事之"院本"——院指行院,乃金、元人所谓的倡优所居之地,院本就是

元杂剧舞蹈俑

元曲是元代文学的代表。这些元代杂剧陶俑表情生动,动作逼真,把戏曲舞台上的精彩瞬间永久保存下来,它也从侧面证明了元代杂剧盛行的历史事实

倡优所演之剧本。但没有剧本流传下来,所以真正的戏曲始于宋末元初的杂剧。

元杂剧又称北曲杂剧,一般由四折一楔子构成,有生旦净末丑等诸多行当,有科(动作)、白(言语)、唱等多种表现形式,故事情节丰满完整,主题一般都深刻鲜明。元杂剧唱腔丰富,今存元杂剧剧本中标明曲牌所属宫调,只有五宫四调,而当时人记载的则有十几种。元杂剧繁盛于元大德年间(1297～1307年),涌现出一批杰出的剧作家,关汉卿、马致远、白朴、王实甫、纪君祥、郑光祖等,以及大量的优秀剧目,《窦娥冤》《汉宫秋》《墙头马上》《西厢记》《赵氏孤儿》《倩女离魂》等。元中叶以后,随着科举复兴,文人们开始埋头功名,元杂剧创作逐渐衰落,创作中心由北方渐渐转移到南方,南戏成为元中叶以后我国戏曲的主导。

南戏（南曲戏文）被誉为中国的百戏之祖，有四大声腔：昆山腔、弋阳腔、海盐腔和余姚腔——昆曲只是其中的一个声腔而已。南戏形成其实比杂剧要早，早在北宋末南宋初期就有了。宋室南迁，文化中心随之南移，南戏便在江南一带流行繁荣起来。相比北杂剧，南戏较自由，不受四折一楔子的限制。它以"出"为单位，一部戏往往几十出，演出时间往往需要一天甚至多日。现存南戏剧本不多，主要有《张协状元》《小孙屠》《琵琶记》《荆钗记》《幽闺记》《白兔记》《杀狗记》等。其中后四部被称为"四大南戏"。

明代以后，《琵琶记》受到朱元璋表彰，作者高明以文人身份创作，开了文人士大夫参与南戏创作的先河。之后，更多的文人士大夫参与了进来，剧本体制逐渐规范化，形成七要素：题目、分出标目、分卷、出数、开场、生旦家门、下场诗。这样，南戏完成了艺术上的典雅化和剧本体制规范化的改造，从而蜕变为新的艺术形式——明清传奇。

戏曲产生于儒学占主导地位的封建时代，戏曲剧本的创作者均是受了儒家教育的文人，所以，戏曲无论从思想内容的编排、人物性格的塑造还是价值观念的宣传，无不深受儒学的影响。换句话说，古代戏曲从里到外都渗透着儒家思想。但是，戏曲从一诞生起，其受众便是市井小民，说明从总体上它属于市井文化、世俗文化，即便后来有士大夫的加入变成了雅曲、传奇，上演于宫廷庙堂，其生命力也依然在民间。这就决定了戏曲有它自身的发展规律，一旦儒学对社会的影响和控制减弱，戏曲的批判性就会突显出来。元朝前期文化多元，杂剧兴盛；明中期以后的戏曲受心学和市井文化的影响，大力批判礼教，即是明证。

水陆画元代戏班图

山西右玉宝宁寺内。元杂剧戏班一般最多12人，就足以分别装扮众多剧中人物以及操纵各类乐器。宝宁寺水陆画还展现了当时的演出为杂剧和杂技表演交叉进行的情景。图中人物有的是戏曲艺人，有的则明显为杂技演员，如扛鼎的侏儒、赤膊的大汉等

小知识◎优孟衣冠

据《史记·滑稽列传》记载，有一个叫孟的艺人常以谈笑旁敲侧击地劝说楚王。楚相孙叔敖死后，儿子很穷，孟就穿戴了孙叔敖的衣冠去见楚庄王，神态和孙叔敖一模一样。庄王以为孙叔敖复生，让他做宰相。孟以孙叔敖的儿子很穷为辞，并趁机对楚王进行规劝，庄王终于封赏了孙叔敖的儿子。

◎李可及戏三教

据高彦休《唐阙史》记载：唐懿宗咸通年间，有个艺人叫李可及，机智善变，滑稽诙谐，讽喻匡正，独出辈流。有一年唐懿宗过生日，先由佛门高僧讲论，之后开戏。李可及穿着儒服，声称要讲"三教论衡"。旁有人问："你既说博通三教，那释迦牟尼是什么人？"李对曰："是妇人。"问者惊曰："为什么？"对曰："《金刚经》云：敷座而坐。如果不是妇人，为什么说夫坐然后儿坐呢？"懿宗不禁笑起来。又问："太上老君是什么人？"对曰："也是妇人。""为什么？""《道德经》云：吾有大患，是吾有身；及吾无身，吾复何患？如果不是妇人，为什么担心有娠呢？"懿宗大悦。又问："孔子是什么人？"对曰："还是妇人。""何故？""《论语》曰：沽之哉，沽之哉！吾待贾者也。如果不是妇人，为什么要待嫁呢？"懿宗乐不可支，第二天便封李可及以环卫员外之职。

一 发乎情，止乎礼

——儒家的价值理念与戏曲主题设计

王文元先生曾将儒家文化之精奥概括为：求美，求善，求仁义；忧国，忧民，忧天下；重文，重礼，重气节；畏天，畏地，畏天命。儒家自孔子创立始，就提倡通过礼乐敦风化俗，强化等级尊卑，理顺人伦关系，以达到至善至美的理想境界。孟子提出了处理人际关系的准则：仁义礼智信。东汉《白虎通义》正式提出三纲：君为臣纲、父为子纲、夫为妻纲。从此，三纲五常成为中国两千多年处理人际关系的根本准则，深入人心，深入骨髓。中国人相信人性本善，"善有善报，恶有恶报"也在淳朴善良的中国人心中扎下了根。这些都构成儒家基本的价值理念。而戏曲，作为一种以乐为主的艺术形式，从一开始便承担起教化的功能。

1. 厚人伦，美风化

《孝经》云："移风易俗，莫善于乐。"元代夏伯和作《青楼集志》就称元杂剧可"厚人伦，美风化"，"君臣如《伊尹扶汤》《比干剖腹》，母子如《伯瑜泣杖》《剪发待宾》，夫妇如《杀狗劝夫》《磨刀谏妇》，兄弟如《田真泣树》《赵礼让肥》，朋友如《管鲍分金》《范张鸡黍》"。以上10部元杂剧，现存完整剧本的有5部。

《立成汤伊尹耕莘》写伊尹有经济之才、安邦之志，但在夏朝没有用武之地。方伯闻之，礼贤下士，拜为军师，一战破夏，商汤立国。该剧歌颂了伊尹和方伯作为君臣相互信任、彼此相知的"君臣之义"。

《晋陶母剪发待宾》写陶侃家贫，无以款待太学来的范学士，遂写了"信""钱"二字典当了五贯钱。陶母得知，责备教育了陶侃，令他赎回"信"字，自剪头发典当款待客人。范学士深感陶家母贤子孝，举荐于朝廷，使其母子尽得封赏。剧本除了体现陶母教子有方、深明大义外，还通过陶母之口强调了"信"比"钱"重要。"信近于义，钱招怨"，人无信不立。

《杨氏女杀狗劝夫》描写了孙大、孙二本是一母同胞的亲兄弟，

明刊本《杀狗记》插图
南戏《杀狗记》与元杂剧《杀狗记》情节大致相同,作品提倡"亲睦为本""孝友为先""妻贤夫祸少",语言通俗、质朴,具有民间文艺的特色

因父母早亡,孙大恃强将兄弟赶至破瓦寒窑居住,自己则整日与两个无赖称兄道弟,喝酒玩乐。两个无赖挑唆离间,孙大经常对孙二非打即骂。孙大的妻子杨氏十分贤惠,她看在眼里,急中生智,将一只狗剥去皮尾,套上衣服,放在家门口。待孙大酒醉回家,便谎称有人杀人嫁祸。孙大惊慌失措,央求两个无赖帮忙搬尸,遭到拒绝。孙大终于意识到自己交了狐朋狗友,后孙二将尸体埋在河边。两个无赖妄图讹诈钱财,乘机告到官府。公堂上,孙二要替哥哥认罪。杨氏说明原委,两个无赖受到责罚,孙二因尽到了兄弟之情,维护了长幼之序,被授

中国戏剧绘图：《赵礼让肥》
元末秦简夫杂剧。后人形容该剧"壮丽无敌"，其词曲格势如"峭壁孤松"

予当地县令，杨氏也因其贤受到旌表。后该剧被改编成南戏，名为《杀狗记》。

《宜秋山赵礼让肥》写西汉末年天下大乱，赵孝、赵礼兄弟与老母逃荒避难于深山，以打柴拾野菜为生。赵礼拾野菜时遇到落草为寇的马武，马武要吃他的心肝下酒。赵礼请求回家拜别老母再回来受死，马武放行。赵礼回家后说明实情，辞别老母返回。赵孝打柴回家得知原委，立刻去找兄弟替死，赵母也随之而至。母子三人在马武面前争相说自己比较肥，请求受死。马武感动，放了他们，并赠银米。后来马武成了东汉的开国功臣,向朝廷举荐赵氏兄弟,一门母子终得封赏。该剧一开始描写了赵礼将有限的粥让给了母亲和哥哥,自己则捧着空碗假装已经吃过了,体现了他的孝和义;与马武约定一个时辰拜别老母然后受死,体现了他的信。

《死生交范张鸡黍》则歌颂了范臣卿对结拜兄弟的生死情义。范臣卿与张元伯是结拜兄弟,张无心功名,奉养老母于深山。他陪范同游京师,分别时,范相约两年后去拜望张和老母,张则杀鸡炊黍以待。两年后,范如期而至,兄弟相见甚欢。临别时,张元伯约定一年后赴范家拜访。谁知别后不久张便染病不治身亡,临终前恳求老母请范来主葬。元伯托梦给范,说明原委。范醒来后立刻快马加鞭,不远千里奔丧张家,并在坟院中栽松种柏,守墓百日。因他信义双全,被推荐到朝廷,授职翰林。

此外,教化典型者还有《陈母教子》《举案齐眉》。元杂剧《状元堂陈母教子》是杂剧大家关汉卿的作品,亦是一部贤母教子戏。陈母乃汉相陈平之后,生有三子一女。长子和次子先后登科中了状元,唯有三子才轻德薄,目中无人,落第而归。陈母于状元堂痛斥三子,并借酒宴激发他羞耻之心。三子第二年亦状元及第,在四川做官收受蜀锦,遭陈母责打。适逢寇准访贤,得知陈家一门母贤子孝,上奏朝廷,一门皆得封赏。

《孟德耀举案齐眉》取材自西汉梁鸿孟光举案齐眉、相敬如宾的故事。孟光与梁鸿自小指腹为婚,后梁家败落,梁鸿虽满腹文章,却卖文为生。孟员外怕女儿受苦,就让孟光自己在财主、官宦、穷秀才梁鸿之间选择。孟光毫不犹豫选择了梁鸿,甘愿布袄荆钗与梁鸿夫唱妇随。她谨遵妇道,每次吃饭都将饭碗高高举起,请梁鸿先用。孟员外暗中助梁鸿进京赴考,梁鸿一举中了状元。梁鸿甘贫守志,孟光举案齐眉，义夫节妇，受到朝廷褒奖。

以上风化剧均通过典型的故事宣扬了"五伦"——父子有亲，君臣有义，夫妇有别，长幼有序，朋友有信，属于当时的主旋律作品。将这一主旋律推向高潮的当属元末的剧作家高明。

高明（约1307～1371年），字则诚，自号菜根道人，浙江瑞安人。以《春秋》考中进士，历任处州录事、江浙行省丞相掾、福建行省都事等职。高明为官清明练达，曾审理四明冤狱，郡中称为神明。他能关心民间疾苦，不屈权势，受到治下百姓爱戴，处州期满离任时，百姓曾为他立碑。由于数忤权贵，晚年退居于明州（今宁波）栎社之沈氏楼，"以词曲自娱"。相传明初太祖朱元璋慕其名，遣使征召，他"佯狂不出"，不久病卒。

对于戏曲创作，他认为以往的杂剧故事要么才子佳人，要么鬼怪神仙，让人不堪卒读。好的戏剧，不需什么插科打诨，也不要寻宫数调，"只看子孝与妻贤"就够了。于是他主张"不关风化体，纵好也枉然"，以此为指导，他改编创作了南戏《琵琶记》。《琵琶记》写的是东汉书生蔡伯喈和其妻赵五娘悲欢离合的故事。蔡伯喈新婚后因父母在堂，本不欲进京赴试，在父亲的逼迫下，不得不辞别父母。他得中头名状元，被牛丞相看中，欲将女儿许配给他，他辞官、辞婚不成，不得不再次成婚。此后三年，家乡大旱，赵五娘吃糠捣米，侍奉公婆，公婆还是双双饿死。五娘剪青丝葬公婆，怀抱琵琶一路乞讨进京寻找蔡伯喈。几经波折，最后在相府相遇。伯喈得知原委痛不欲生，立即辞官回乡守孝。后皇帝下诏，旌表蔡氏一门。

《琵琶记》是在被称为"戏文之首"的《赵贞女蔡二郎》的基础上进行再创作而成的，剧中人物都堪称是有益教化的典范。在宋代民间讲唱、戏文中，蔡伯喈是一个弃亲背妇、忘恩负义的反面人物，高

明崇祯刊本《琵琶记》插图之"糟糠自厌"
取材于《琵琶记》第二十一出,写赵五娘面对绝境的心态,反映了她自我牺牲、敬奉公婆的高贵品质和传统美德

明却把他改写成孝义两全的正面形象。蔡伯喈因"三不从"(辞试、辞官、辞婚)而导致"三不孝"(生不养、死不葬、葬不祭),但这并非他本意,而是外部因素阴差阳错导致的。他一出场就说:"人爵不如天爵贵,功名争似孝名高。"他想尽孝,但父亲逼迫他进京;他不想入赘相府,但皇上下旨促其完婚;他也曾派人带着书信银两回乡探视父母,却被拐儿欺骗拐走;见到结发妻子、得知父母亡故后,他立刻回乡……可见他是真心想做孝子,不想抛弃父母妻子,但父亲的命令、皇上的威严、丞相的权势令他身不由己、无可奈何,他无法左右自己的命运。赵五娘恪守妇道,对公婆生养死葬,蔡公临终前,写下遗嘱要五娘改嫁,五娘劝阻:"忠臣不事二主,烈女不嫁二夫。"她实现了为公婆找到儿子的诺言,找到后毅然返乡,可谓有贞有烈。牛小姐从父命,嫁状元,成婚三载却从未见丈夫笑脸,得知丈夫有原配后遵妇道欲接进府。她恳求父亲牛丞相批准伯喈回归故里,牛不准并迁怒于女儿,牛小姐欲自杀以全夫名,其贤惠隐忍,令

明人演《琵琶记》图

在朱元璋的倡导下,《琵琶记》风行于世。图中俨然是在大户人家中演出,无论老幼主仆均被剧情吸引,神态举止生动各异

人钦叹。蔡家高邻张大公，古道热肠，周济邻居，助五娘上京，可谓有仁有义。就连牛丞相也从专横跋扈变得深明义理，从女儿口中得知蔡伯喈有父母在家乡受苦时，经过反省后立刻派人去接；蔡伯喈要辞官回乡守孝，他立刻恩准。总之，《琵琶记》完全贯彻了高明的"风化"宗旨，被誉为"南戏之首""传奇之祖"。

《琵琶记》上演后，立刻风靡一时。明太祖朱元璋盛赞《琵琶记》"五经四书，布帛菽粟也，家家皆有；高明《琵琶记》如山珍海错，富贵家不可无"，下令全国搬演，助推教化。受此影响，一批正统的风化作品纷纷涌现出来，如《五伦全备记》《香囊记》等。

传奇剧本《五伦全备记》全名《五伦全备忠孝记》，乃明代丘浚撰，共29出。剧谱北宋末年，太平郡首伍典礼有三子，长子伦全为前妻生，次子伦备为继室范氏生，三子克和为收养之义子。典礼死后，范氏守节，抚育三子，毫无偏心，延请施善教为师。施有二女，亲生女名淑清，义女名淑秀，与伦全、伦备定有婚约。伍氏兄弟友爱，被人诬告，三人争相赴死；冤案昭雪后，三兄弟在家尽孝，不图功名。范氏教子移孝为忠，劝子赴试，伦全、伦备分中状元、探花；此时相府派媒说亲，两兄弟以与施氏有婚约拒之。后伦全为谏议大夫，不顾利害，犯颜直谏，被贬为抚州团练使，守备神木寨，遭胡兵袭击被俘；范氏闻讯得病，淑清割股救姑，而伦全忠君爱国、宁死不屈的气节感动了胡人，使胡人归顺。伦备则为郡守，以伦理纲常教民有方，最后伍氏合家升仙。

《五伦全备记》无论从主旨到情节都有全面模仿《琵琶记》的痕迹。剧本人名的设计煞费苦心，伍伦全、伍伦备即"仁、义、礼、智、信"全部具备。情节上，伍伦全和伍伦备兄弟二人在母亲的敦促下进京赶考。老母在家遭遇荒年，儿媳在家尽孝。兄弟二人分别考中状元、探花，拒结丞相家的丝鞭，回家完婚，并在母亲死后回家守制。完全

五伦图

五伦即父子有亲,君臣有义,夫妇有别,长幼有序,朋友有信。后人画花鸟,以凤凰表君臣之道、仙鹤表父子之道、鸳鸯表夫妻之道、鹡鸰表兄弟之道、黄莺表朋友之道

没有了蔡伯喈的缺憾,兄弟二人的形象更加完美。剧本从道德角度全面表述了如何为母,如何为兄弟,如何为妻子,如何为媳妇,如何为妾,如何为官,如何对待朋友,等等,简直就是一部思想政治教科书。所以祁彪佳评价说:"一记中尽述五伦,非酸则腐矣;乃能华实并茂,自是大老之笔。"(《远山堂曲品》)

邵璨的《香囊记》(尤其是前半部分)模仿《琵琶记》,写书生张九成与贞娘刚刚新婚燕尔,在母亲的要求下,张九成与弟弟离家参加科举考试。张九成考中了状元,但因为触怒了权臣,被降职充军,与岳飞一起北伐,又被差遣前往虎狼之地大漠去看望被掳掠的徽钦二帝,终与家人失去联系。贞娘在家艰难地照顾婆婆,后来逃难中与婆婆失散。赵公子硬要强娶贞娘,贞娘告到官府,意外地发现新任观察

使正是自己的丈夫张九成。剧终有收场诗云:"忠臣孝子重纲常,慈母贞妻德允臧。兄弟爱恭朋友义,天书旌异有辉光。"全剧的主旨显而易见。

无论是《五伦全备记》还是《香囊记》,都引用大量朱熹注解四书的原话来进行说教,完全不顾剧情的需要,可谓程朱理学的拙劣图解,是三纲五常等封建伦理道德的形象演示。这种鲜明的教化观对明清传奇的创作影响极大,同时严重的概念化倾向,也给后世的文人传奇提供了直观的反面教材。

小知识◎高明呕心作《琵琶》

据《雕邱杂录》,高明作《琵琶记》时,闭门谢客,把自己关在阁楼上,呕心沥血。吟哦歌咏时间长了,不断地口吐涎沫;因为不停地用脚打节拍,楼板都被他踏穿了。其用心良苦如此。

◎不义的丘浚

丘浚通过《五伦全备记》宣扬"仁、义、礼、智、信",他本人为人却极偏狭,为史家公认。当时的内阁之首是吏部尚书王恕(1415～1508年),为官清廉,直言敢谏。丘浚作《五伦全备记》,王恕直言:"理学大儒,不宜留心词曲。"丘浚遂怀恨在心。王恕主吏部,重名节,举荐提拔了一批名节俱佳的官员。太医院院判刘文泰因迁官不成对王恕心怀不满。

王恕刻印疏稿,凡成化年间留中不报的疏,他都据实书写。丘浚得知,便说:"王故彰先帝拒谏之失。"刘文泰听到后,立刻上疏弹劾王恕。王恕遂致仕。朝中大臣们纷纷指责丘浚,连丘浚的夫人都觉得自己的丈夫排挤王恕,非常不义。

2. 止于至善

《大学》开篇曰:"大学之道,在明明德,在亲民,在止于至善。"何谓止于至善?"为人君,止于仁;为人臣,止于敬;为人父,止于慈;为人子,止于孝;与国人交,止于信。"可见至善主要指道德的理想境界。孟子主张人性本善,也是指人先天就具有恻隐、羞恶、辞让、是非这"四心",而这"四心"扩充出来就是四德——仁、义、礼、智。所以,归根结底,人性是美好的。基于美好人性之上的友情、爱情必然也是美好的。歌颂美好恰也是戏曲的主要功能之一。很多戏曲的主题就是讴歌友情、爱情的美好。

关汉卿的元杂剧《赵盼儿风月救风尘》就是一部歌颂歌妓赵盼儿和宋引章这一对结拜姐妹之间友情的故事。宋引章本与秀才安秀实订婚,在纨绔子弟周舍的花言巧语勾引下,不顾妈妈和结拜姐妹赵盼儿的劝阻,执意下嫁周舍。婚后便遭周舍百般打骂折磨。她不堪忍受,托人送信向赵盼儿求救。盼儿接信,定下一计,以美色引诱周舍写下休书。周舍耍赖,三人告到官府。盼儿出具休书,安秀实亦告周舍强骗强娶,周舍受到惩罚。同为社会底层的歌妓,赵盼儿与宋引章惺惺相惜，但她比引章多了一分清醒。她看清了周舍的纨绔本质，所以苦苦劝引章不要上当，无奈虚荣心强的引章听不进去。在引章受难求救时，盼儿毫不犹豫，凭着机智和勇敢终于救姐妹于苦海，这份姐妹间的情谊珍贵又美好。

元杂剧《沙门岛张生煮海》则歌颂了爱情的美好。书生张羽在古佛寺抚琴，被出海游玩的龙女琼莲听到。二人一见钟情，相约八月十五中秋佳节张羽往龙宫提亲。琼莲送鲛绡帕一幅给张羽作为信物。张羽知

赵盼儿风月救风尘
选自《元曲选图》

龙王性格暴躁，不会轻易将爱女许配给自己。一筹莫展之际，幸遇东华上仙。上仙送他煮海三件宝物。在仙人指引下，张羽煮起海来。终于迫使龙王嫁女。这看上去很像一部神仙戏。剧中琼莲不受礼法羁绊，敢说敢爱，张羽亦敢爱敢当。美好的爱情往往要靠自己争取而不是赐予，张羽用行动为自己争取到了爱情。

《洞庭湖柳毅传书》描写了书生柳毅进京赶考，途经泾河，见一女子在河边牧羊，哭声哀哀。原来是洞庭湖龙女三娘嫁与泾河小龙，夫妻不和，被泾河小龙赶出放羊。三娘哀求柳毅送书信到洞庭湖，柳毅慨然应允。洞庭湖君接到书信，犹豫不决，其弟钱塘火龙大怒，立刻兵发泾河，一场恶斗，泾河小龙被火龙一口吞下。三娘重新回到洞庭。

中国戏剧绘图：《张生煮海》
元李好古杂剧。李好古生卒年不详，后人评价其词如"孤松挂月"

为报柳毅搭救之恩，洞庭湖君欲将三娘许配给他，柳毅却认为施恩图报非君子，以老母在堂无人侍奉为由拒绝了，并辞别回家。后三娘假作卢氏之女，与柳毅终成眷属，并接母子二人同往洞庭享受荣华富贵。

柳毅作为一介书生，不顾功名，急人所难，不远万里传书洞庭，表现了他善良、勇敢的士子品格；洞庭君许婚，他认为"杀其夫夺其妻"有违大义加以拒绝，表现了他的正气凛然的君子人格；不贪图富贵，回家侍奉老母，则是其孝子形象。三娘知恩必报，她敬慕柳毅，爱之深、情之切，主动成就美满姻缘，其善良温柔于斯可见。从柳毅和三娘的

明万历刊本《拜月亭记》插图
图为瑞兰在庭院中焚香拜月,叙说心事的情景

身上,我们可以看到人性的光辉,整部戏都让人觉得温暖。

南戏《幽闺记》则是一部同时讴歌友情和爱情的好戏。该戏是在关汉卿元杂剧《闺怨佳人拜月亭》基础上改编的,乃四大南戏之一。北番侵犯金国,金国兵部王尚书奉旨出使北番,留下夫人和女儿王瑞兰独守家中。北番入境,金国被迫迁都汴梁,王夫人和瑞兰、蒋世隆与胞妹蒋瑞莲也随同逃难。慌乱中双双走散,呼喊中,因瑞兰和瑞莲音韵相同,王瑞兰与蒋世隆相遇并结为夫妻,蒋瑞莲则被王夫人收留。王尚书还朝途中,在招商店遇到女儿瑞兰和生病的蒋世隆。他嫌贫爱富,强行将瑞兰带走,夫妻被活活拆散。接着又在驿馆巧遇夫人和瑞莲,一家人终于团聚,瑞莲暂居王府。瑞兰挂念蒋世隆,于月夜焚香祈祷说出了心事,被瑞莲听到,姑嫂相认。朝廷重新开文武科取士,曾经被蒋世隆搭救过的陀满兴福进京赴试,与蒋世隆在招商店相遇。蒋世隆中了文状元,兴福中了武状元。皇上下旨赐婚,令两个状元分别与王尚书家两个小姐成亲。不料分别遭蒋世隆、王瑞兰拒绝。经过几番波折,真相大白,兄妹团聚,夫妻团圆。

正如该剧结尾所言:"夫妇乃人伦所重,节义为世教所关;迩者世际阽危,失之者众矣。"该剧的可贵之处就在于,虽处离乱之际,夫妇之义、朋友之情都没有因之受到任何影响,反而弥足珍贵。蒋世隆与王瑞兰于患难中结为夫妻,并没有草草了事,而是遵循礼法,请店主夫妇作主婚,方行夫妇之礼。被拆散后,相互思念,均誓不再婚。当媒婆递过丝鞭时,瑞兰斩钉截铁地说:"我甘心守节,誓不再移天!"当张都督劝诱蒋世隆允婚便享荣华受富贵时,蒋一口回绝:"贪豪恋富,怎把人伦变?为学须当慕圣贤。"重情重义,可谓义夫节妇。患难夫妻富贵不移,爱情经住了时间的考验,这不光是礼法使然,亦是二人人性中的光辉所致。

蒋世隆与陀满兴福的友情也可圈可点。常言道:有恩不报非君子,滴水之恩当报以涌泉。兴福全家被害,只身误入蒋世隆家的后花园,被蒋救下并结为兄弟,蒋助兴福逃走。兴福感蒋救命之恩,落草为寇后更名蒋世昌,并与喽啰们约法三章:中都路人不可杀,秀才不可杀,姓蒋的不可杀。不久,蒋世隆带着瑞兰逃难经过山下,被抓到山寨,兴福认出蒋世隆,摆酒压惊。他本想留蒋世隆住在山寨,怎奈瑞兰不愿意。于是兴福赠送金银,兄弟分别。后兴福下山进京,一路寻访蒋世隆,此时蒋世隆正被困在招商店。兴福还了拖欠的店钱,兄弟共同赴试。这一切都缘于蒋世隆当初的一念之际："结交在未遇之先,施恩在当厄之日。"不论初衷如何,蒋世隆没有落井下石抓兴福去邀功请赏,而是给对方一条生路,可谓是非分明;兴福知恩必报,多次救蒋世隆于危难,可谓义薄云天。世间人情,不正是基于每个人那与生俱来的人性吗!

3. 善恶有报

儒家基本主张有恩报恩，有仇报仇，《论语·宪问》："或曰：'以德报怨何如？'子曰：'何以报德？以直报怨，以德报德。'"元杂剧《须贾大夫谇范叔》就体现了这种理念。

范雎乃魏国中大夫须贾门下的辩士，随须贾出使齐国，凭着三寸不烂之舌说服齐王归还了魏公子申。范雎受到齐中大夫邹衍礼遇，须贾嫉恨在心。回国后须贾在丞相魏齐面前诬陷范雎泄露国家机密，魏齐不容分说严刑拷打范雎，并将昏死的范雎丢入茅厕，幸被须贾家的院公所救，并资助他逃走。范雎入秦，更名张禄，拜为丞相，六国中大夫齐去祝贺。须贾到秦多日也未见到张禄的面。范雎扮作布衣去见须贾，须贾似乎忘记了过去发生的事，见范雎穿得寒酸，便赠送锦袍并打听张禄与谁相交最厚。得知范雎与张禄有一面之交，便央求范雎递话，早放他回国。范雎摆宴，在各国中大夫面前历数须贾之罪，并刑责须贾。众大夫求情，须贾的院公也来求情。范雎拜谢院公，放回须贾，令他回国献取魏齐首级。

一般来说，恩缘于施恩者人性中的善，怨则缘于结怨者人性中的

范雎死里逃生
选自四部备要本《元曲选》

恶。范雎可谓恩怨分明,既报院公的恩,又报须贾的仇。这也恰恰告诫人们,"善恶到头终有报",还是多施恩少结怨的好。

《周易》云:积善之家必有余庆,积不善之家必有余殃。善恶有报体现了人们心中朴素的正义理念和对美好未来的寄托。试想,如果没有天堂地狱来世之说,正义怎会伸张,公平怎会实现,生命怎能永恒,社会又怎能向善?所以尽管在佛教传入中国以前,中国人没有正式的宗教,但在人们朴素的观念中,人们是相信"栽什么树苗结什么果,撒什么种子开什么花"的。西汉末年,佛教传入中国,其三世轮回、因果报应之说与中国传统的善恶有报观念相契,很快就被中国人接受了下来,并渗透到中国的文学、戏曲中,成为中国文化的重要组成部分。

《窦娥冤》中"斩娥"插图
描绘窦娥被押赴刑场杀害的悲惨情景，揭露了元代吏治的腐败残酷，反映了当时社会的黑暗

戏曲中，才子佳人戏后的大团圆结局，忠奸斗争戏中的正义战胜邪恶，都是这种信念的集中体现。

《感天动地窦娥冤》是关汉卿最重要的代表作。故事讲述的是童养媳窦娥因遭歹徒陷害，不愿婆婆受苦，屈打成招，被判斩刑。临死前，窦娥许下三桩誓愿——血溅白绫、六月飘雪、大旱三年，以证明自己冤屈。皆应验。后其父窦天章科举得中，窦娥鬼魂告状，终于沉冤昭雪。

窦娥善良孝顺，贞洁本分，不料祸从天降，"没来由犯王法，不提防遭刑宪"。又遇上只认钱财的贪官，利用窦娥的孝顺将其屈打成招，世上还有比这更冤枉的吗？"为善的受贫穷命更短，造恶的享富贵又寿延",世间怎容这是非颠倒黑白不分?窦娥相信,"若没些儿圣灵与世人传,也不见得湛湛青天"。于是她发下三桩誓愿,并化作鬼魂向父亲诉说冤屈,终于昭雪沉冤,善恶得报。

很多戏都喜欢引用这首诗:"湛湛青天不可欺,未曾举意早先知。善恶到头终有报,只争来早与来迟。"正所谓"人在做,天在看","举头三尺有神明",头上的青天总是让人充满敬畏之情。当人世间的不平得不到解决时,人们往往诉诸苍天,相信老天会公平处理。

元杂剧《赵氏孤儿》被誉为东方的《哈姆雷特》,久演不衰。晋灵公时,屠岸贾嫉恨赵盾,设计诬陷赵盾不忠不孝,赵盾被满门抄斩。赵盾之儿媳乃灵公女儿,怀有身孕,被打入冷宫,生下一子,取名赵氏孤儿。屠岸贾为斩草除根,意欲加害。公主托孤于手下太医程婴,自缢身亡。为救孤儿,将军韩厥、老臣公孙杵臼先后献出生命;为防屠岸贾生疑,程婴还用自己的孩子替换孤儿受死。孤儿被过继给屠岸贾,20年后长大成人,武艺超群。程婴向其讲明身世,孤儿报仇雪恨。

屠岸贾生性阴险残忍,狡诈异常,为除掉后患不惜下令杀死晋国境内半岁以下一月以上的婴儿。他恶行昭昭,却一再得逞,程婴和孤儿屡陷绝境。将军韩厥为人仗义,是非分明,看不惯屠岸贾陷害忠良,为救孤儿毅然放走程婴,自尽身死。老臣公孙杵臼与赵盾相交甚厚,为救孤儿将生死置之度外,他为程婴换子的行为感动,毅然将祸事承担下来,慨然赴死。牺牲最大的当属程婴。只为了不负托孤之命,他受惊吓、担风险,献出自己的亲生骨肉。只为了忠臣有后,有朝一日为赵氏一门讨回公道。忠臣义士纷纷受死,他们心中有一个共同的信念:善恶到头终有报,多行不义必自毙。最后屠岸贾被处以凌迟,孤儿一家受封袭爵,程婴受封良田,韩厥之后袭官上将,为公孙杵臼立碑造墓。正所谓:人恶人怕天不怕,人善人欺天不欺。

赵氏孤儿大报仇

选自《元曲选图》。故事取材于《左传》。该剧于18～19世纪登上欧洲戏剧舞台,受到世界瞩目

岳飞的故事家喻户晓,即便在当时岳飞的遭遇也令无数仁人志士扼腕。人们怎么也接受不了一个精忠报国、忠孝双全的将军居然会以"莫须有"的罪名被处死,乃至恢复中原再无指望这一事实。人们对秦桧恨之入骨,秦桧一死,高宗退位,孝宗立刻为岳飞平反,积极准备北伐。秦桧就是投降派、卖国贼的代名词,似乎无论怎么惩罚他都难解人们心头之恨。元杂剧《地藏王证东窗事犯》就是描写南宋岳飞率军在朱仙镇抗击金兵,朝廷却下诏书命岳飞班师。岳飞父子回朝后便被秦桧以莫须有的罪名杀害。一日,秦桧去灵隐寺进香,地藏王化为呆行者说出了秦桧夫妇在东窗下密谋陷害岳飞之事,痛斥秦桧,正

告他陷害岳飞有违天理人心，终究要遭报应。秦桧哑口无言，他派何宗立去捉呆行者。哪知人去楼空，反留诗几句。秦桧又命何去东南第一山捉呆行者。何宗立在阴司看到秦桧披着枷锁，由鬼吏押来，原来东窗事发了。岳飞父子被害后，向高宗托梦，请求高宗诛秦桧为自己洗冤报仇。何宗立再回阳世，已经过了20年，朝廷已立新君。他讲起秦桧在阴司受到报应之事，大快人心。

历史上，岳飞被害后，秦桧又做了15年的太平宰相，在朝廷上安插党羽、排除异己，连高宗都惧他三分。善没有立刻得到善报，恶也没有立刻得到恶报，但人们坚信阳世不能实现的，在阴间肯定会实现。作恶者肯定会下地狱，在地狱里受"千般凌虐苦"。剧中秦桧被剖棺椁、剉尸骸，而被害的岳飞、岳云、张宪三人已"上升为三个全身"。该剧告诉我们，今世造下的孽，来世会百倍偿还，劝善惩恶的主旨一目了然。

地方戏《情探》改编自明清传奇《焚香记》。该剧写山东莱阳名妓敫桂英搭救了昏倒在雪地里的书生王魁，结为夫妻。王魁苦读三年，桂英资助他进京赴试。临别前，二人来到海神庙内盟誓绝不负心。王魁得中状元，丞相招赘。他贪图富贵，又嫌桂英出身不好影响自己仕途，于是写下休书并二百两纹银命人送与桂英。桂英正在家焚香为王魁祈祷，见到休书悲痛欲绝，来到海神庙控诉，然后自缢身亡。海神爷准了她的状，发下勾魂令，命敫桂英跟随判官进京捉拿王魁。为试探王魁是否真的变心，敫桂英进入相府，哀求王魁。王魁不但不认，反而取剑加害。桂英忍无可忍，在判官的帮助下，勾了王魁的魂。

"痴情女子负心汉"的故事在古代并不少见。在一个男权社会里，没有谁能为作出牺牲的女子做主，讨回公道，女子注定是时代的牺牲品。但哪怕是由制度带来的这种不合理现象，人们也无法完全忍受。

一 发乎情，止乎礼

敫桂英深情一片,却被逼自尽;王魁忘恩负义,却在相府享受荣华。现实中人们无力改变这种黑白颠倒的现象,那就在戏剧里求助于神,让观众由衷地感到解气、痛快之余在心理上求得一种平衡,否则,活着还有什么希望?

二 乐者，德之华
——儒家的道德取向与戏曲人物塑造

儒家重视教育，教育的宗旨就是培养德才兼备的人，德放在首位。所以，《大学》提出"自天子以至于庶人，壹是皆以修身为本"，修身为齐家治国平天下的前提条件。修身即是修德，所谓"富润屋，德润身"是也。《论语》中孔子与众弟子就仁、孝、忠、信、礼、勇等德行进行了讨论，《孟子》则直接告诉人们，人天生具有仁义礼智等道德，只要扩充人之本心就可以了。

《礼记·乐记》云："德者，性之端也；乐者，德之华也。"道德乃人性之发端，道德看不见摸不着，但可以通过音乐体现出来，所以德为作乐之根本。

也就是说，艺术的美离不开道德的善。艺术之所以美，无论是优美还是壮美，不在于其外在的表现形式，而在于其内容——讴歌人性中美好的一面，彰显人的德性，歌颂的同时鞭挞丑恶，让人们在欣赏形式美的同时感情上得到升华，心灵上得到净化。戏曲作为形成于民间的艺术，首先传达的是底层人民的心声，而百姓对道德的价值判断又与儒家的宣传教化密不可分。可以说，戏曲所塑造和褒贬的人物形象与儒家的价值取向完全一致。

1. 智仁勇
——戏曲中的英雄形象

智、仁、勇被《中庸》誉为"天下之达德",即天下古今所公认的、人人都应该具有的三种美德。当然在《中庸》,这三达德主要体现在对五伦的认识、实践和强化上。《论语·子罕》云:"知者不惑,仁者不忧,勇者不惧。"什么是智?《论语·为政》云:"知之为知之,不知为不知,是知也。"知道就是知道,不知道就是不知道,不假装自己知道,就是智。这也是一种自知之明的表现。孔子因材施教,针对不同的学生对"仁"的解释也不同,最基本的就是"爱人",有一颗爱人之心。关于勇,则有"见义不为,无勇也"(《论语·为政》)。路见不平,拔刀相助,尽自己的职责,做该做的事。戏曲中刻画了众多仁被天下、智勇双全的英雄人物。

尉迟敬德是隋唐时期著名的大将,有万夫不当之勇。他起先辅佐刘武周,后归降李世民。《隋唐演义》《瓦岗寨》等评书、话本多有对他的描写。

元杂剧《尉迟恭单鞭夺槊》就集中描写了他的忠勇。徐茂功用计

鄂国公尉迟敬德

尉迟敬德像
尉迟敬德隋末从军,后追从秦王李世民征战各地。在李世民夺嫡斗争中参加玄武门之变,射杀李元吉,与长孙无忌并为首功

杀死了刘武周,然后兵临城下,劝敬德投降。此时敬德尚不知刘武周已死,拒不投降:"烈女岂嫁二夫,俺这忠臣岂佐二主?见有我主公在定阳,我怎肯投降你?"徐茂功出示刘武周的首级,他确认后,不禁大哭。思索再三,不得不降,但提出了一个条件:要为刘武周服孝三年以尽臣子之道。后经讨价还价,服孝三天,然后打开城门投降。李元吉心胸狭窄,曾经在对阵时被敬德打了一鞭,他要报这一鞭之仇,于是诬陷敬德谋反,将敬德关进死牢。幸亏徐茂功及时告知李世民,敬德才被救出。李世民带人查看洛阳城,洛阳王王世充手下单雄信突然带兵冲过来,李世民仓皇逃走。尉迟恭及时赶到,与单雄信交锋,夺了对方的槊,一鞭打得对方落荒而逃。敬德不忘旧主,服孝三天,是为忠也;三天后如约归降,是为信也;单鞭夺槊,救了李世民的命,是为勇也,难怪受到李世民的喜爱,最终成为开国的元勋。

《功臣宴敬德不伏老》则描写了晚年的尉迟敬德仍然赤胆忠心、勇猛不减当年的故事。皇上设功臣宴,按功劳大小饮酒簪花。敬德与秦琼功劳最大,正饮酒簪花之际,皇亲李道宗前来抢了酒和花。敬德大怒,面斥并殴打了李道宗,搅了功臣宴,被贬职还家。三年后,高

中国戏剧绘图：《单鞭夺槊》

《单鞭夺槊》，元尚仲贤杂剧。写尉迟恭投唐后，李元吉挟私挑拨单雄信杀害李世民。单追杀李世民至榆科园时，为尉迟恭单鞭夺槊而救，单因此而与众英雄割袍断义

丽得知唐朝老臣死的死，罢的罢，朝廷空虚，便举兵进犯，点名要尉迟恭出马。徐茂功亲自去请尉迟恭，老将军深明大义，不计前嫌，领兵出征，生擒了高丽大将。

李逵是《水浒传》中的一个莽汉，但在小说之前的元杂剧中却是一个智勇双全的英雄形象。

《黑旋风双献功》描写了宋江的结拜兄弟孙孔目之妻郭氏与白衙内私奔，孔目告到官府，却撞在白衙内手里，被关进死牢。李逵装疯

尉迟敬德门神像

相传李世民被龙王鬼魂扰得日夜不安。秦叔宝和尉迟恭二将自告奋勇把守宫门,果然平安无事。唐王深恐二将守门辛苦,便命人将二将披挂真容画了巨像贴在门上,夜间相安无事。这是民间美化尉迟恭骁勇的结果

卖傻,扮作庄稼汉混进牢房,用蒙汗药麻倒狱卒,救了孔目。晚上又扮作送酒人杀了白衙内及郭氏。在这部戏里,李逵胆大心细,不露破绽。他提着饭菜去探监,问明了孔目所在牢房,刚要用手拉牵铃索,忽然想到:"山儿也(李逵的化名),你寻思波,着那牢子便道:'你既是做庄家呆后生,便怎生认得个是牵铃索?'可不显出来了?旁边儿有这半头砖,我拾将起来,我是敲这门咱。"他在狱卒面前什么都不懂,骗得狱卒信任,得以接近孔目,再故意用羊肉泡馍引诱狱卒,趁其不备下了蒙汗药。可谓想得周全,做得细密。

《梁山泊李逵负荆》则刻画了李逵义勇双全的形象。杏花庄老汉

梁山泊李逵负荆
选自《元曲选图》

王林与女儿满堂娇开酒馆为生。一日两个歹徒宋刚和鲁智恩冒充宋江和鲁智深来酒馆喝酒，王林见是梁山好汉，便喜滋滋地让女儿给二人敬酒。二人见满堂娇美貌，顿起歹心，强行抢走，说三日后归还。王林正伤心之际，李逵下山游玩来到酒店。听到王老汉的诉说，李逵大怒，立刻回山找宋江和鲁智深算账。他手持板斧砍倒了山上的杏黄旗，并要宋江交人。问清原委，宋江决定与李逵同去酒店对质，李逵立下军令状，若不是宋江所为情愿献上项上人头。到了酒店，王林经过辨认否认是眼前的宋江所为。宋江怒回山寨，李逵自知理亏，负荆请罪。在众兄弟的求情下，宋江与李逵和好。得知那两个歹徒三日后又要到酒店，李逵与鲁智深下山，捉拿了二贼，为民除害。李逵为人直爽仗义，路见不平，为王老汉出头，维护梁山形象，此为义也；与宋江打赌输了，负荆上山，承认错误，此为勇也。

在表现人物道德形象上，关羽可谓集仁义礼智信勇等诸般美德于一身的完美人物。在小说《三国演义》形成之前，关于刘备、关羽、曹操的故事、话本、杂剧就已经广为流行了，可以说它们构成了《三国演义》的基本素材。

元杂剧《关云长千里独行》就是对关羽形象的一次完美塑造。曹操统10万人马进攻徐州，刘备不听关羽的计策，丢了徐州，兄弟失散。曹操劫持了刘备的两个夫人逼迫关羽投降，关羽无奈，与曹操约法三章后投降。虽然曹操厚待关羽，上马一提金，下马一提银，三日一小宴，五日一大宴，并加封关羽汉寿亭侯，但关羽始终惦念并打探刘备、张飞的下落。当他得知刘备在古城时，立刻挂印封金，不辞而别，带着两位嫂嫂，一路上过关斩将，并在古城下斩了追杀而来的蔡阳。该戏结尾借刘备的口赞美关羽："想兄弟您为俺三房头家小，您不得已而降曹操。你虽身居重职，你不改其志，此为仁也；你不远千里而来，被张飞与某百般发怒，兄弟你口不出怨恨之语，此为义也；你弃印封金，辞曹归汉，此为礼也；不一时立斩蔡阳，此为智也；你曾与曹操言定三事，听的某在此，你将领家小前来，不忘桃园结义之心，此为信也。"关羽在曹营斩颜良、诛文丑，保护两位嫂嫂千里走单骑，此为勇也。难怪后来关羽被推为圣人，并祠关帝庙。

2. 忠孝廉节
——理学对戏曲的渗透

北宋中期兴起的理学席卷大江南北，其中以程朱道学影响最广。朱熹积毕生之功力作《四书集注》，成为元代中期以后科举考试的教科书。朱熹集理气心性学说于一身，终生讲学不辍，弟子遍天下，成为一代大儒。他曾亲书"忠孝廉节"，刻于岳麓书院，昭示天下学子，从此成为理学学训，也使这些传统美德更加深入人心。戏曲中刻画的忠孝廉节的人物形象众多，忠者如周公、豫让，孝者如《蔡顺孝母》《寻亲记》，廉者如《鸣凤记》中的夏言、杨继盛，节义者如王十朋、东林党人。

历史上不乏忠臣孝子，很多戏曲就是根据历史故事改编而成的。《辅

周公像
周公，文王第四子，武王弟，西周初政治家，姬姓，名旦，亦称叔旦，因采邑在周（今陕西岐山北），故称周公

岳麓书院"忠孝廉节"碑石
"忠孝廉节"碑共分四块碑石,每字一碑,分嵌在岳麓书院讲堂左右两壁

成王周公摄政》就取自于《尚书》。周武王病重,周公筑高台,斋戒七日,为武王祈祷、占卜,后将卦书置于金滕柜中。武王驾崩,年幼的成王继位,由周公"抱孤摄政"。管叔、蔡叔、武庚"三监"放出流言说周公篡位,然后乘机叛乱。周公亲征,平定叛乱。成王开启金滕,方知周公赤胆忠心。

《忠义士豫让吞炭》是一部英雄悲剧。智伯为晋国六卿之首,先后除掉了范氏、中行氏两家,又设计欲吞并韩、赵、魏三家。他向三家借地,韩、魏皆与之,唯赵氏拂袖而去。智伯恼羞成怒,联合韩、魏伐赵。手下门客豫让苦劝智伯不要贪得无厌,兴不义之师,智伯不但不听,反将豫让赶了出去。韩、魏深感唇亡齿寒,中途倒戈,智伯被擒处死,三家分晋。豫让感智伯知遇之恩,刺杀赵襄子,未遂被擒。襄子感豫让忠义,放了他。豫让漆身吞炭,毁形灭声,再次行刺,又被擒,自刎而死。

就君臣而言,儒家其实非常强调二者的对等关系。《论语·八佾》:"君使臣以礼,臣事君以忠。"《孟子·离娄下》:"君之视臣如手足,

豫让自刎报旧主

智伯的家臣豫让曾受过智伯的优待和重用,为报知遇之恩,豫让发誓要为智伯报仇,不惜漆身吞炭,改变自己的音容形象。但多次行刺赵襄子都没有成功。最后豫让请求赵襄子把外衣脱下,让他象征性地刺几下,赵襄子答应了他的请求。豫让刺衣后自刎身亡

则臣视君如腹心;君之视臣如犬马,则臣视君如国人;君之视臣如土芥,则臣视君如寇仇。"豫让的行为充分表现了这一点。豫让反对智伯贪疆土、伤风化,但赵襄子将智伯凌迟处死,又漆骨为樽,用智伯头颅作酒器,则其狠毒比智伯尤甚。当赵襄子质问豫让:"你曾事范氏、中行氏,智伯灭了他二家,你不报仇,今日如何却为智伯报仇?"豫让答曰:"范氏、中行氏以常人待我,我故以常人待之;智伯以国士待我,我故以国士待之。"士为知己者死,这种忠义不是愚忠,而是有一定基础的。

《论语·学而》云:"孝悌,其为仁之本与!"孝为百善之首,百行之源。孝子的故事史不绝书。更有元人郭敬居辑录古今孝子的故事,

北京孔庙二十四孝屏之拾椹供亲

东汉人蔡顺自幼丧父,与母亲相依为命。年成不好、粮食不够的时候,他就每天出门摘拾桑椹,用不同的器皿盛桑椹

编成《二十四孝》,成为宣传孝道的通俗读物。《孝经》云:"夫孝,始于事亲,中于事君,终于立身。""君子之事亲孝,故忠可移于君。"儒家认为,移孝作忠,其能孝于家必能忠于君。所谓忠臣必出孝子之门,忠孝从来都是不可分的。

元杂剧《降桑椹蔡顺奉母》就是根据二十四孝之一的"拾葚异器"改编。蔡顺事母极孝。寒冬时节,其母病体不安,想吃桑椹。蔡顺虔诚祈祷,叩头出血,滴泪成冰,并发誓愿将自己的寿命减一半给母亲。其孝行感动了家宅六神,众神于半夜三更降甘露瑞雪,山上的桑树皆结满桑椹,任其采摘。蔡母病体痊愈,蔡顺也因其至孝被推荐到朝廷做官。可见至孝可以感天动地,是会得到老天回报的。

元杂剧《小孙屠焚儿救母》讲述了孙屠的母亲病重，孙屠家贫无力问药，好不容易当了衣服换了几个钱，还被坑害买了假药。无奈之下，他与妻子商议带着孩子去东岳庙上香，将3岁的孩子当作一枝香焚烧上供，为母祈祷。其孝行感动了东岳庙三位神灵，最后神仙归还了他的孩子，并治好了孙母的病。

廉者，直也，谓正直、清廉。古人提倡"志士不饮盗泉之水，廉者不受嗟来之食"，做人要做正直的人，做有骨气、有气节的人。这一直是古代社会所宣扬的传统美德，戏曲中也有众多这样的形象。

严嵩像
严嵩，明朝权臣，江西分宜人，弘治进士

明传奇《鸣凤记》是一部时事性作品，是在严嵩父子倒台后不久就上演的戏。全剧41出，剧情是：明嘉靖朝丞相夏言，为了收复被异族侵占的失地——河套，派都御史曾铣领命制三边。曾督兵赴边后，受严嵩指使的总兵仇鸾和兵部尚书丁汝夔都拒不发援兵助曾铣。严嵩指使心腹劾曾克扣军饷，妄动失机，并勾结内臣在皇帝面前进谗言，妄加罪名于夏言。曾、夏均遭斩首。兵部车驾司主事杨继盛上本参奏仇鸾叛逆大罪，被贬为驿丞。不久，仇鸾阴谋败露，杨被升为兵部武选司员外郎。杨又上了一道言辞激切的奏章弹劾严嵩，激怒了皇帝。杨被斩首，夫人张氏也刑场自刎，幼子与家奴被远徙外地。董传策、吴时中、张鹤楼三人又联名劾奏严嵩，受严刑拷打，发配充军。大比新科,临安邹应龙和莆田林润两结义兄弟双双高中。这两人一向景仰夏、杨之忠诚,与恩师翰林学士郭希颜三人一同拜谒夏言与杨继盛夫妇的陵墓,为严世蕃仇视。严世蕃与监察御史鄢懋卿定计,让邹塞外巡边,林出使云南,想以此置二人于死地。郭希颜以"不剪奸雄死不休"的决心,向朝廷陈言极谏,又遭严嵩毒手。邹应龙巡边至榆林,遇见因劾奏严氏父子被贬此戍边的兵部郎中张翀。不久,回京的邹应龙与刑部主事孙丕扬同上奏本,弹劾严氏父子罪恶。已失帝宠的严氏父子及其党羽作鸟兽散,赵文华暴饮而死,鄢懋卿疽发而亡,严嵩被放归江西老家,严子世蕃充军南雄卫。升任南道御史的林润,查得回籍的严嵩仍横行乡里,严世蕃也抗命不去南雄,即本奏朝廷,终将世蕃腰斩,严嵩收禁,妻孥家产抄没。邹、林升为都御史,忠臣得到褒封。作者把夏言等反对严嵩的10位大臣称为"双忠八义",把他们前仆后继的斗争精神喻为"朝阳丹凤一齐鸣"。

嘉靖年间严嵩父子专权,权倾朝野,残害忠良。与严氏父子的斗争可谓惊心动魄,前赴后继。该剧通过正邪对比的方式,在歌颂忠义的同时鞭挞了那些奸佞邪恶的小人。严嵩父子卖官鬻爵,大肆贪污受贿,里通外国,阴谋篡权。东南沿海倭寇猖獗,严嵩等却对此不闻不问,日日寻欢逐乐。嘉靖旨命严治倭寇,严不得不举荐亲信赵文华升兵部尚书,总统江南水陆,督兵剿倭。但这些官兵只会坑害沿海百姓,杀戮良民冒功邀赏,误国害民如此,令人切齿。赵文华为巴结严嵩,可谓煞尽心机。杨继盛给他看弹劾仇鸾的奏本,赵百般劝阻,杨拂袖而去。赵不悦,发下狠话说自己只消"把口来一动,先斩那忠臣头郭碌碌滚将下来"。手下人问万一朝廷准了他的本、升了他的官,又怎样?赵文华无耻地说:"那时我就掇身转来,就如奉承严家一般奉承他了。"手下人讽刺说这也太势力了,赵文华大言不惭地说:"当今天下皆尚势利,我就做一个势利的头儿,有何不可。"活脱脱一副见风使舵、趋炎附势、厚颜无耻的嘴脸。两相对比,更加衬托出夏言、杨继盛等人的忠正廉节。

《论语·子罕》云:"岁寒,然后知松柏之后凋也。"喻指人的气节、节操。《孟子·滕文公下》也说:"富贵不能淫,贫贱不能移,威武不能屈,此之谓大丈夫。"言人应当具有一股浩然之气。南宋末文天祥作《正气歌》:"时穷节乃见,一一垂丹青""是气所磅礴,凛烈万古存。当其贯日月,生死安足论。"这些思想深深影响着后人,也贯彻在戏曲里。

四大南戏之一的《荆钗记》就刻画了一对富贵不移、威武不屈的夫妻形象。温州书生王十朋才学出众,但家境贫寒。同村钱员外看中他学识,将女儿钱玉莲许配给他,王以一枚荆钗作为信物。财主孙汝权觊觎玉莲美貌,求婚遭拒,耿耿于怀。王十朋进京赶考,得中头名状元,被万丞相看中,欲招为婿,十朋拒绝。

明刊本《荆钗记》插图
描绘王十朋的妻子钱玉莲投入瓯江自尽时,被原任温州太守的福建安抚使钱载和从江中救起

万丞相十分恼怒,改授十朋潮州为官。十朋修书回家报信,书信被孙汝权窜改,变成一纸休书。玉莲见信,深表怀疑。钱员外大怒,其继室则撺掇他将玉莲改嫁孙汝权。玉莲不从,投江,被福建安抚使钱大人所救,收为义女,后听说十朋在岭南得瘟疫而死,誓不再嫁。王十朋得知妻子投江,悲痛欲绝,誓不再娶。五年后,朝廷另立丞相,王十朋升任吉安太守。钱大人遣人为玉莲说媒,十朋不知是玉莲,坚决拒绝。元宵佳节,十朋和玉莲同往玄妙观烧香,不期碰面,都极为惊讶。后王十朋见到钱大人所持荆钗,夫妻才终于破镜重圆。

这是一部非常感人的戏。剧中王十朋和钱玉莲高风亮节,其对爱情的忠贞可敬可叹。万丞相引用古语劝王十朋:"自古道'富易交,贵易妻',此乃人情也。"十朋则答曰:"丞相岂不闻宋弘有云'糟糠之妻不下堂,贫贱之交不可忘',小生不敢违例。"富贵不淫,贫贱不移,实乃大丈夫。钱玉莲品行端庄,志节贞烈。面对继母逼婚,她寻思:"夫乘宠渥,九重仙阙拜龙颜;妾受凄凉,一纸诈书分凤侣。富室强谋娶妇,惑乱人伦;萱堂怒逼成婚,毁伤风化。妾岂肯从新而弃旧?焉能反正以从邪?争如就死忘生,不可辜恩负义。一怕损夫之行,二恐误妾之名,三虑玷辱宗风,四恐乖违妇道。惟存节志,不为邀名。"宁为玉碎,不为瓦全,其志气节操,千古流传。

传奇《一捧雪》则是一部"极为奴婢吐气"的戏。"一捧雪"乃稀世玉杯,为莫怀古的珍贵家藏。莫怀古进京拜访严世蕃,严世蕃抱怨京城没有出色的裱褙匠,莫怀古就推荐了自己收留的裱褙匠汤勤。汤勤密告严世蕃莫怀古有稀世玉杯,并自告奋勇前去替严索要。莫怀古以赝杯进献,瞒过了严世蕃和汤勤。莫怀古升任太常寺卿,汤勤前来拜见。莫怀古得意忘形之余酒后失言,吐露了真相。汤勤返告世蕃,世蕃大怒,亲自带人搜查莫宅。幸亏莫家仆人莫诚眼疾手快,藏了玉杯,世蕃搜查无果怏怏而归。怀古知世蕃不会善罢甘休，便带着众人投奔蓟州总兵戚继光，冀能保命。世蕃察觉，命人昼夜追赶，中途拿获怀古，送戚继光处下令斩首。戚继光为难之际，莫诚以其貌与怀古相近，舍身替主赴死。怀古则隐姓埋名远遁塞外。人头到京，汤勤认出人头是假，世蕃命锦衣卫指挥使陆炳审查，汤勤会审，勘验人头真伪。公堂之上，众人一口咬定人头是真的，汤勤力说人头是假的。原来他一直觊觎莫怀古之妾雪艳的美貌，以此要挟。雪艳痛恨汤勤谋害其夫，将计就计，假意答应嫁给汤勤，汤勤才松口说人头是真。成亲之夜，雪艳怀刀刺杀汤勤，然后自刎。世蕃派人南下捉拿莫家老小并流放塞外。怀古之子莫昊逃走。三年后，莫昊中进士，弹劾严嵩，严嵩父子势败，莫家沉冤昭雪。莫昊升御史，巡视边关。一家人终于在边关团聚，戚继光将玉杯归还莫家。

莫诚乃莫怀古家仆，感自己"世受豢养之恩"，危难之际，替主而死，其忠义可鉴。雪艳乃莫怀古之妾，没什么地位，但她不羡权势，志贞意坚，终于杀死奸贼雪恨，其节烈可表。与此形成鲜明对比的是，汤勤则是一个"存心刻薄，彻骨势利，险毒千般，阴谋百计"的无耻小人。他本是个裱褙匠，莫怀古赏识他的手艺，便收留了他。谁知他一眼看中雪艳，为了满足私欲，不择手段，必欲置怀古于死地。他依附严府，狗仗人势，耍弄手腕，终落得千夫所指，身首异处。这也是一部正义与邪恶斗争的戏。严世蕃依仗权势，巧取豪夺，诬陷忠良，不可一世。戚继光、陆炳等人则明辨是非，痛恨权奸，坚决站在正义的一边。邪不压正，善恶有报。该剧歌颂了忠义，鞭挞了势利负义。

小知识◎《鸣凤记》的影响

　　据焦循《剧说》所载，王世贞请县令观看《鸣凤记》时，县令见剧中皆是铺陈当朝首辅严嵩的罪恶，大惊失色，马上起身告辞。及待王世贞拿出严嵩父子事败的邸报来看，县令这才敢安心地看下去。

　　冯犹龙曰：先儒有言，读诸葛亮《出师表》而不下泪者，必非忠臣；读李密《陈情表》而不下泪者，必非孝子。今为更二语曰：读王凤洲《鸣凤记》而不下泪者，必非忠臣；读高东嘉《琵琶记》而不下泪者，必非孝子。

3. 三从四德

——戏曲中的传统妇女形象

自从进入父系氏族社会之后,中国妇女的地位就每况愈下了。"妇",繁体作"婦",《说文解字》:"服也。从女,持帚洒扫也。"意即服从,绝对服从丈夫;任务就是拿着扫帚"洒扫庭除"。《尔雅·释亲》:"子之妻为妇。"又:"女子已嫁曰妇。""妇之言服也,服事于夫也。"《礼记·郊特牲》:"妇人从人者也,幼从父兄,嫁从夫,夫死从子。"这就是三从;《礼记·昏义》:"妇人先嫁三月,教以妇德、妇言、妇容、妇工。"这就是四德。三从四德确立了中国传统妇女的地位和角色。东汉班昭作《女诫》进一步对"妇礼"进行规范解释,唐代宋若莘、宋若昭姐妹撰《女论语》更是直接承袭《论语》之名对妇女行为进行规范。此后,明代有吕坤的《闺范》,清代有陈弘谋的《教女遗规》,不遗余力地劝诫教育妇女。

《女诫》解释了四德,"妇德,不必才明绝异也",后世所谓"女子无才便是德"是也。规定了女子要专一,"夫有再娶之义,妇无二适之文"。言下之意,男子可以再娶,妇女却不能再嫁。这种礼教确

班昭像

班昭,字惠班,生卒年不详。东汉史学家班彪之女,班固与班超之妹,博学高才。班固著《汉书》,未竟而卒,班昭继承遗志,完成《汉书》。帝数召入宫,令皇后贵人师事之,号曹大家,为中国第一个女历史学家

立了绝对的夫权,哪怕男子变心,妇女也只好委曲求全。《女论语》则具体对女子出嫁前后方方面面的行为进行了详细的规定,如女子立身,要"行莫回头,语莫掀唇。坐莫动膝,立莫摇裙。喜莫大笑,怒莫高声。内外各处,男女异群。莫窥外壁,莫出外庭。男非眷属,莫与通名。女非善淑,莫与相亲。立身端正,方可为人";对丈夫,要"夫有言语,侧耳详听,夫有恶事,劝谏谆谆。莫学愚妇,惹祸临身……夫若发怒,不可生嗔。退身相让,忍气低声。莫学泼妇,斗闹频频"。这些书都成为古代女子从小必学的教科书,也的确培养了很多中规中矩的女性。戏曲在这方面多有体现。

中国戏剧绘图：《潇湘夜雨》

元杨显之杂剧。杨显之，生卒年不详，与关汉卿为莫逆之交，常在一起讨论、推敲作品。杨善于对别人的作品提出中肯的意见，因而被誉为"杨补丁"

　　元杂剧《临江驿潇湘秋夜雨》写北宋张天觉携女儿翠鸾赴任江州，船到江心突遇风浪，翠鸾落水，幸被打渔的崔老汉所救。崔老汉将翠鸾许配其侄崔通，两下定情后崔通进京赶考，中头名状元，被赵试官看中招婿，崔通攀权附贵，隐瞒了自己已有妻室的事实，携带着新夫人赴秦川任县令。一过三年，翠鸾奉崔老汉之命赴秦川寻找崔通。崔通不但不认，反将翠鸾毒打并刺配沙门岛，还令人中途加害。翠鸾走到临江驿，恰巧张天觉升任提刑廉访使在临江驿休息。翠鸾想到自己的不幸遭遇，加上伤痛难忍，饥饿难当，不觉痛哭，被张天觉听到，父女相认。翠鸾带人亲赴秦川捉拿崔通夫妇。崔老汉赶到，替崔通求情。最后翠鸾与崔通和好成为夫妻，而试官的女儿则沦为使唤丫头。

剧中翠鸾是一个彻底的悲剧人物。崔通本是个趋炎附势、薄情寡义之徒，当试官提出要招他为婿时，他思忖："我伯父家那个女子，又不是亲养的，知他哪里讨来的？我要他做甚么？能可瞒昧神祇，不可坐失事机。"当他得知翠鸾是廉访使的女儿时，立刻告饶："小娘子，可怜见。可不道夫乃妇之天也。"又后悔："我早知道是廉访使大人的小姐，认他做夫人岂不好也。"可见，在他的眼里，只有权势，没有情义；他看中的是对方的身份和地位，而不是对方这个人。他与翠鸾只是订婚，而与试官之女已有三年夫妻之情，却央求崔老汉："伯父，你与我劝一劝波。我如今情愿休了那媳妇，和小姐重做夫妻也。"无情无义至此。而翠鸾之所以原谅崔通，除了崔老汉求情外，她自己对父亲说："这是孩儿终身之事。也曾想来，若杀了崔通，难道好教孩儿又招一个？"她遵循"好女不嫁二夫"的古训，虽然"伤心切齿，怒气冲天"，仍委曲求全，只是把怒气都撒在了试官之女身上，令人在其脸上刺"泼妇"二字，侍奉自己。真是可恨的崔通，可悲的翠鸾，可怜的赵女！

与张翠鸾命运相似的还有明传奇《金玉奴棒打薄情郎》中的金玉奴。该剧讲的也是小姐救书生并以身相许，书生中状元抛弃结发妻，小姐自尽被巡抚救起，巡抚向状元提亲，痛斥责打之后重归于好的故事。在男权社会，男子可以休妻再娶，女子却无法休夫，无论这男子多么无情败坏，除非外在的压力如顶头上司施压，迫使男子答应解除婚约。《金玉奴》大团圆的结局一直持续了几百年，直到京剧艺术家荀慧生先生将其改动，变成不团圆的结局：金玉奴坚决不与莫稽复合，巡抚见莫稽没有悔意,将其革职严办。原剧宣传和维护的是"一女不嫁二夫,必得从一而终"的礼教,从中可见剧作者对女子的态度;荀先生所改提升了妇女的尊严,既符合现代人的审美心理,也符合古人"善恶有报"的理念。

无论是《临江驿》还是《金玉奴》,都属于没有情感的团圆,这恰恰表明剧作者的时代局限:他们为这些女主人公找不到更合适的出路。改配他人,显然有悖伦理纲常;只好给这些女子找一个地位更高的靠山,让那些男人来俯就,给妇女们一点尊严。剧作家们显然跳不

中国戏剧绘图:《秋胡戏妻》
《秋胡戏妻》乃元石君宝杂剧。石君宝,生卒年不详,以写家庭、爱情剧见长

出三纲五常等礼教的框架。

当然并不是所有的妇女都像张翠鸾那样逆来顺受,她们也有人曾反抗过,但由于外在的种种压力,最后还是顺从了。但这种顺从是建立在深明大义的基础上的。元杂剧《鲁大夫秋胡戏妻》中的梅英就是如此。梅英本是大户人家女儿,秋胡家有老母,既贫穷又没有功名,但梅英毫不嫌弃。新婚刚刚三天,秋胡便被征兵从军去了,梅英奉养婆母采桑度日。秋胡一去十年,音信皆无。本村有李大户,谎称秋胡已死,要娶梅英,梅英之父也逼着女儿改嫁,遭梅英严词拒绝。此时秋胡已是鲁国中大夫,他拿着鲁君赐予的一枚金饼回乡探母。路经自家桑园,见一美丽女子在采桑叶,那女子正是梅英。怎奈夫妻分别太久,已互不相识。秋胡上前调戏,强行非礼,遭梅英激烈反抗并痛骂,秋胡狼狈逃走。梅英还家,见到率先赶到的秋胡,不由大怒,痛斥之余索取休书。后婆母讲情并以死相挟,梅英才答应不计前嫌,认下秋胡。

吕坤《闺范》将妇女分为孝妇、死节之妇、守节之妇、明达之妇和文学之妇。除文学之妇外,另几类都有一个共性:贞操节烈。她们珍惜节操,品行端庄,严守妇道,是妇女中的模范。梅英就是其中的典范。她甘守清贫,孝顺婆婆,感情专一,不受金钱富贵诱惑。那秋胡轻薄放荡,见色起意,连回家探亲的任务都忘记了。他拿出金饼暗想:"我随身有一饼黄金,是鲁君赐与我侍养老母的,母亲可也不知。常言道,财动人心,我把这一饼黄金,与了这女子,他好歹随顺了我。"为了满足自己的私欲,连母亲都不要了。面对这样的负心薄幸之人,梅英痛斥他:"谁着你戏弄人家妻儿,迤逗人家婆娘?据着你那愚滥荒唐,你怎消的那乌靴象简,紫授金章?"她对秋胡的荣耀富贵不屑一顾:"谁将这五花官诰汤?谁将这霞帔金冠望?"她坚决索要休书。由于婆婆求情,孝顺的梅英只好答应和解,不过她正告秋胡:"若不为慈亲年老谁供养,争些个夫妻恩断无承望。"和梅英的孝顺贞烈对比,更显得秋胡猥琐不义。

南戏《白兔记》中的李三娘也是一个贞烈明大义的妇女。李三娘遵从父命嫁给穷汉刘知远,受兄嫂逼迫刘知远远走投军,此时三娘已有身孕。兄嫂逼三娘改嫁,三娘誓死不从,被赶到磨房居住,白天担水,夜间推磨,备受折磨。她在磨房自咬脐带生下一子,取名咬脐郎,托人送给刘知远。16年后,咬脐郎打猎,追赶野兔至井台,遇见打水的三娘。

明万历刊本《白兔记》插图
图为李三娘井边遇子的情形

母子相见却不相识,三娘恳求咬脐郎带信给刘知远。此时刘知远已娶岳节使之女为妻并官封九州安抚使。刘向夫人和儿子说明实情,岳夫人催促他立刻去接三娘。刘率人星夜赶回家乡,夫妻相见,悲喜交集。刘知远一家人团聚,三娘的兄嫂受到惩罚。

剧中的李三娘温柔贤惠,她不嫌贫爱富,抱定了"嫁鸡随鸡,嫁狗随狗"的念头,16年间在兄嫂的多次威逼利诱、软硬兼施下,一心等待丈夫归来。夫妻重逢,她责怪刘薄幸,为什么16年音信皆无,停妻再娶?刘知远也有难言之隐:非如此哪会有今日之富贵?三娘于是原谅了丈夫,16年的苦难屈辱转眼化为云烟。岳夫人虽出身宦门,其父是刘知远的顶头上司,但她生性善良温存,雪夜送巡更的刘知远锦袍。得知刘知远有前妻在家乡,"相公既有前妻姐姐在家,何不将我凤冠接取到来,同享荣华,愿为姐妹"。其贤惠大义如此。

  戏曲中这种温柔贤惠、忍辱顺从的妇女形象随处可见,可以说,这类形象多是以礼教的标准进行塑造的,有助于社会教化,是未婚女子学习的榜样。作为创作者而言,他们当然希望妇女们中规中矩,而不要成为凶悍的"河东狮"。但是有顺从就有叛逆,戏曲更多刻画了礼教的叛逆者。

三 理与情的张力
——存理去欲与情欲至上

因为古代女子处于从属服从的地位，所以在婚姻上没有任何自主权。《诗经》里本来有很多歌颂爱情的诗歌，如开篇《关雎》就是一首描写一青年男子追求心上人不得而辗转反侧的诗。但孔子却概括《诗经》："《诗》三百，一言以蔽之：思无邪。"那些所谓描写爱情的，或者是比喻后妃之德，或者是讽喻某个政治事件，跟男女间自由追求爱情毫无关系。早在周朝，人们就对男女婚姻有了程序上的详细规定。所谓三媒六聘，六聘就是结婚的六个步骤：纳采、问名、纳吉、纳徵、请期、亲迎。这些

东汉酒肆画像砖
四川省彭州市收集,表现的是东汉时期酒肆的经营情景。汉代卓文君在与司马相如私奔后,曾以卖酒为生,画像中的酒肆即累土为垆,内置酒瓮两只,再现了文君当垆的景况

都由双方媒人和家长操办,与要结婚的人无关。《礼记》中对未婚的青年男女有很多规定,"男女不杂坐,不同椸枷,不同巾栉,不亲授","男女非有行媒,不相知名。非受币,不交不亲"(《曲礼上》)。从《孟子》中也可看出周朝的礼法:"不待父母之命,媒妁之言,钻穴隙相窥,逾墙相从,则父母国人皆贱之。"(《滕文公下》)"男女授受不亲,礼也。"(《离娄上》)这些古礼后来都被沿袭下来,成为古代女子不可逾越的樊篱。

人的天性是追求自由,哪里有束缚,哪里就有要求挣脱束缚的斗争。古代女子为争取婚姻自主、弃礼法于不顾的故事史不绝书。最著名的当属卓文君和司马相如的故事。文君新寡,一曲《凤求凰》让她抛弃一切随司马相如

卓文君像

卓文君乃西汉临邛大富商之女,才貌双全,善鼓琴,好音律,新寡家居。闻司马相如一曲《凤求凰》,于是夜奔相如,后当垆卖酒,传为佳话

私奔,当垆卖酒,亦无怨无悔,成为千古美谈。当国家对社会的控制比较紧密时,循规蹈矩的文艺作品就多一些;相反,与礼法叫板的作品就会大盛一时。

蒙元以北方少数民族入主中原,面对先进的文化显然有些无所适从。他们轻视儒学,所谓"九儒十丐",儒生的地位仅仅比乞丐好一些,连妓女都不如。元初没有科举,读书是没有出路的。元朝还将人分四等:蒙古人、色目人、汉人、南人。被征服的江南地带本是宋金分治时文化最发达的地区,人才辈出,但被蒙元征服后却变成了地位最低的地方。所以很多知识分子不屑于在元朝廷做官,他们甘愿沉抑下僚,流连于勾栏瓦肆,靠写戏文卖曲为生。这也是元初杂剧繁荣的主要原因。一方面,他们受儒学教育,自然而然会将儒家的伦理教化带入到戏文中,三纲五常仍然是社会的主导价值;另一方面,因为文化统治松弛,没有太多的约束,所以在描写爱情题材上,元杂剧显得大胆直率,如《墙头马上》《西厢记》《倩女离魂》,这一特色和题材被明清传奇继承发扬。

1. 人情之大窦，为名教之至乐
——冲破礼教的女子形象

戏曲不仅刻画了礼教的顺从者，也塑造了众多礼教的叛逆者。这一点尤其表现在爱情戏中，戏中的女子个个痴情，对爱情大胆执着，行动果敢，与传统礼教的要求截然不符。

王实甫的《西厢记》堪称经典名剧，家喻户晓。崔莺莺本已许配表兄郑恒，其母也一再强调"我家无犯法之男，再婚之女"，孙飞虎来抢亲，莺莺以死反抗。但她一遇到张君瑞，虽然没有说话，却"回顾觑末"，回头偷偷看张生。当红娘将张生自报家门不曾娶妻之事当笑话说给莺莺后，莺莺叮嘱红娘不要告诉老夫人。花园烧香，张生作诗试探，莺莺赞美该诗清新，并立即和诗，暗通款曲。在佛殿做法事，她又偷偷打量张生，夸他"外像儿风流，青春年少；内性儿聪明，冠世才学"。看得时间太长，连张生都发现了："那小姐好生顾盼小子。"孙飞虎来抢亲，老夫人当场许婚，张生挺身而出，莺莺暗自说道："只愿这生退了贼者。"贼兵退后，老夫人宴请张生，莺莺对红娘说了心里话："我相思为他，他相思为我，从今后两下里相思都较可。"老

陈洪绶绘《西厢记》插图"窥简"
红娘将张生的书简置于梳妆盒下,然后借故躲了出去。莺莺梳妆,发现书简,
趁红娘不在偷偷观看。这一切都被红娘看在眼里

夫人变卦,张生病倒,莺莺写下了相会的书简,要张生夜间跳墙来相会。因怕红娘知道,临时又变卦,斥责张生非礼。张生病重,莺莺又写信慰问约会,二人终于共赴爱河。

拿封建礼教的标准,莺莺绝不是好女孩儿。相门之后,千金之体,大家闺秀,却偷看书生,和诗传简,私下幽会,全然忘却了"好女不嫁二夫"的古训,也全然将《女诫》《女论语》的教训抛至九霄云外。但从人性天然的角度,莺莺却是追求个人爱情和幸福的榜样。母亲是一个反复无常、根本不把女儿的幸福当回事的人，所以幸福得靠自己争取。她从第一眼看上张生，之后利用各种机会与张生接近、交流，爱得大胆，爱得直接。她唯一担心的就是怕张生"始乱终弃"，做官后抛弃自己。当她接到张生的捷报书信后，立刻回信，并附"汗衫一领，裹肚一条，袜儿一双，瑶琴一张，玉簪一枚，斑管一枝"，件件包含相思，还把其中的深意说给红娘听，完全没有大家闺秀的羞涩和矜持。

从全剧来看，对礼教的嘲讽也显而易见。崔夫人一上场便介绍自

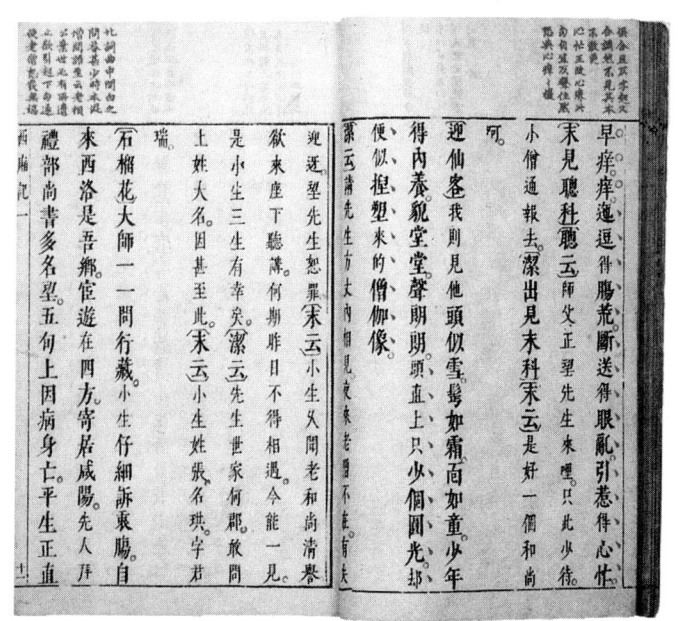

王实甫《西厢记》书影
明天启刊本。王实甫（1260～1316年），名德信，后人评价他"作词章，风韵美，士林中等辈伏低。新杂剧，旧传奇，西厢记，天下夺魁"。可见，《西厢记》其时已被称为杂剧之冠

三 理与情的张力 | 65

家身世，强调"我家无犯法之男，再婚之女"，所以尽管张生救了他们全家，但她仍然用这个理由辞退了婚姻，害得张生空欢喜一场。莺莺私自幽会张生本身就是对"好女不嫁二夫"的叛逆，她显然对表兄郑恒没有任何感情。生米煮成熟饭，老夫人无奈只好承认了莺莺和张生的亲事——前提是张生要求得功名，因为崔家"三辈儿不招白衣女婿"。可是话说回来，如果张生没有高中做官，那莺莺是不是就另许他人了？这岂不是也违背了"好女不嫁二夫"的古训？当其侄儿郑恒造谣说张生得中状元在京城与尚书的女儿成亲后，老夫人立刻大怒，想都没想，立刻将女儿又许配给了郑恒——完全忘记了崔家"无再婚之女"的家训，也可以看出她的随心所欲、专制作风，完全不顾女儿的感受。在《西厢记》里，三从四德等古训完全成了一个笑话。

《西厢记》受到当时和后人的热烈欢迎，但也遭到很多批评，被称为"淫词艳曲"而遭禁演。明代散文家兼诗人汤来贺就批评说："先年乐府如《五福》《百顺》《四德》《十义》《跃鲤》《卧冰》之类，皆取古人之善行谱为传奇，播诸声容，使儿童妇女见而乐之，皆有所向慕而思为善事，则是饮食歌舞，俱有益于风化，古人之用心如此，何其厚也！自元人王实甫、关汉卿作俑为《西厢》，其字句音节，足以动人，而后世淫词纷纷继作。"《西厢记》是把人教坏了还是教聪明了，不得而知，但继《西厢记》之后比之有过而无不及的戏却是越来越多了。

相比崔莺莺，元杂剧《墙头马上》中的李千金简直惊世骇俗。李千金出身官宦之家，"尤善女工，深通文墨，志量过人，容颜出世"。曾与裴尚书之子裴少俊议定婚姻，但始终没有定下来。适逢三月初三上巳节令，李千金于后花园赏春，她丝毫不掩饰自己对爱情和婚姻的渴望，你看她对丫鬟叹息："这千金良夜，一刻春宵，谁管我衾单枕独数更长,则这半床锦褥,枉呼做鸳鸯被。"赏春实际是在怀春。她登上花墙向外张望,正赶上骑马进城的裴少俊在观赏春景。两人四目相对,同时惊叹:"一所花园呀,一个好姐姐!""呀,一个好秀才也!"随即心潮澎湃:"休道是转星眸上下窥,恨不的倚香腮左右偎,便锦被翻红浪,罗裙做地席。"丫鬟提醒她别失态,她干脆说:"既待要暗偷期,咱先有意,爱别人可舍了自己。"

裴少俊墙头马上
选自《元曲选图》。图为两人初次相见的情形

为了爱情,不顾一切。裴少俊写诗一首进行试探,李千金立刻回诗约他当天晚上后花园跳墙相会。晚上两人甫一见面,立刻宽衣解带做夫妻。被嬷嬷撞见,千金当即决定与裴少俊私奔:"你道父母年高老迈,那里有女孩儿共爷娘相守到头白?女孩儿是你15岁寄居的堂上客。"一句话道出了古代女子在家中的地位。与其等着父母给安排婚姻,不如随着自己找的心上人远走高飞。裴少俊将李千金领回家中,藏在后花园整整七年,生下了一儿一女,都没有被父母发现。清明节到了,少俊去祭坟,裴尚书闲步后花园,发现了李千金母子。他不顾千金的

三 理与情的张力 | 67

解释，斥责她"共人淫奔，私情往来"，要送官究办。少俊回来后，为缓和矛盾，答应将千金休了。千金与老尚书针尖对麦芒，唇枪舌剑——

  （尚书云）我便似八烈周公，俺夫人似三移孟母，都因为你个淫妇，枉坏了我少俊前程，辱没了我裴家上祖……呸，你比无盐败坏风俗，做的个男游九郡，女嫁三夫。
  （正旦云）我则是裴少俊一个。
  （尚书怒云）可不道"女慕贞洁，男效才良；聘则为妻，奔则为妾"。你还不归家去！
  （正旦云）这姻缘也是天赐的。

  少俊偷偷将千金送回老家，此时千金的父母已经亡故，独留下家产。少俊进京赶考中了头名状元，老尚书得知千金乃故人的女儿，立刻带着两个孙儿来请千金。老尚书亲自把盏赔礼，但千金拒绝相认："你休了我，我断然不认。"后两个孩子以死相胁劝母亲，千金才心软相认。公公埋怨她："你可怎生不说你是李世杰的女儿？我则道你是优人、娼女。"千金以卓文君为例反驳说："他一时窃听求凰曲，异日同乘驷马车，也是他前生福。怎将我墙头马上，偏输却沽酒当垆。"
  在这部戏中，礼教同样失去了严肃性。因为李千金没有说明自己的身份，于是裴尚书就断定她是优人、娼女，认定她的行为是淫奔，伤风败俗，绝不相容。后来知道了，立刻来了个一百八十度大转弯，亲自登门去请。在他的心目中，礼教与人的行为无关，而与人的身份地位挂钩——只要门当户对，即便私奔也无妨，这当然是对礼教的嘲讽。这部戏以一首诗作结："从来女大不中留，马上墙头亦好逑。只要姻缘天配合，何必区区结彩楼。"这才是这部戏的主旨——之所以将李千金写得那么奔放，就是要告诉我们：姻缘乃天生注定，只要双方情投意合，又何必非要"父母之命，媒妁之言"？像李千金和裴少俊这样不讲什么门第、功名，而是一见钟情并相互恩爱，不是很好吗！

爱情给人以勇气，可以让人冲破一切藩篱，罔顾礼法规范。爱情还可以让人魂不附体，一路追随心上人。元杂剧《倩女离魂》就是如此。张倩女与王文举指腹为婚，文举进京赴考顺便探望岳母，张夫人叫女儿出来相见，以兄妹相称。二人尚未成亲，这样称呼再正常不过。但是倩女却疑虑重重，怀疑母亲悔婚，竟然思念成疾，一病不起。她僵卧在床上，魂灵却飘飘荡荡伴着文举一路进京。俩人一路上说说笑笑，发愿盟誓，非常和谐。文举中头名状元，写信给岳母说自己与小姐同在京城，张夫人以为是休书，倩女看了气得昏死过去。三年后，文举除地方官，方带着小姐回乡省亲。众人见了，惊诧之际，魂灵又附

迷青琐倩女离魂
选自《元曲选图》。《倩女离魂》作者郑光祖，字德辉，生卒年不详，元代著名杂剧家和散曲家，所作杂剧在当时"名闻天下，声振闺阁"

汤显祖画像
汤显祖（1550～1616年），字义仍，号海若、若士、清远道人，江西临川人。在戏曲创作方面，反对拟古和拘泥于格律。在戏曲史上，和关汉卿、王实甫齐名，在中国乃至世界文学史上都有着重要的地位，被誉为"东方的莎士比亚"。

在了倩女身上，久卧在床不省人事的倩女终于苏醒过来。剧中两个倩女——倩女之魂魄和倩女之病躯，一个追随心上人进京、成亲，一个病病恹恹、受尽煎熬。该戏将两种状态下的倩女进行对比，那离开躯体的倩女之魂大胆追求爱情和婚姻，挣脱了礼教枷锁，幸福美满；那倩女之病躯在家里却是幽怨悱恻，凄凄楚楚，在礼教禁锢下百般无奈。对照鲜明，作者的态度不言自明。

《倩女离魂》写得大胆，富于想象，直接影响了后世的《牡丹亭》。

元中期，朝廷重开科举，朱熹的《四书集注》被定为考试的标准教科书，读书人重新被吸引到考场，元杂剧式微。到了明代，程朱道学被制度化，思想控制日益严密，理学的本来面目逐渐被歪曲，尤其是"存天理，灭人欲"被极端化，在婚姻上对女子的约束到了近乎严酷的程度。此时的传奇多是教化作品。明代中期以后，随着商业的繁荣，市井文化兴起，朝廷对社会的控制日益松弛，社会上兴起一股纵欲之风，小说《金瓶梅》《肉蒲团》等大行其道。程朱道学僵化，阳明心学风行天下。在这股思潮的影响下，很多传奇作品无论从主题还是人物的塑造上都与道学的宣传唱起了对台戏。最有名者，就是汤显祖的《牡丹亭》。

汤显祖在《牡丹亭记题词》中阐发了他创作的宗旨：

> "天下女子有情宁有如杜丽娘者乎？梦其人即病，病即弥连，至手画形容传于世而后死。死三年矣，复能溟漠中求得其所梦者而生。如丽娘者，乃可谓之有情人耳。情不所起，一往而深，生者可以死，死可以生。生而不可与死，死而不可复生者，皆非情之至也。梦中之情，何必非真。天下岂少梦中之人耶。必因荐枕而成亲，待挂冠而为密者，皆形骸之论也。"

以往的崔莺莺、李千金、倩女都是痴情者，她们都用自己的行动争取到了属于自己的幸福。但汤显祖觉得还不够，他要塑造一个"至情者"，这种至情出自人的本性之情欲，具有超越一切的巨大力量，它能使"生者可以死，死可以生"。《牡丹亭》中的杜丽娘就是一个至情者。她游赏后花园，困倦而眠，一个不知名的书生（柳梦梅）进入她的梦中，与之行夫妻之事，然后离去。杜丽娘醒来，缱绻忧伤之余竟然一病而亡。三年后，柳梦梅赴京应试，借宿梅花庵观中，在太湖石下拾得杜丽娘画像，发现杜丽娘就是他梦中见到的佳人。杜丽娘魂游后园，和柳梦梅再度幽会。柳梦梅掘墓开棺，杜丽娘起死回生，两人正式结为夫妻。

《牡丹亭》充分体现了情与理的冲突。在情面前，天理人欲之说

汤显祖作《牡丹亭》

汤显祖本人甚为推崇《牡丹亭》，曾说："一生四梦，得意处惟在牡丹。"明代沈德符《顾曲杂言》说："《牡丹亭梦》一出，家传户诵，几令《西厢》减价。"

教显得不堪一击。杜丽娘因情而死，亦因情而生。她自幼家教严格，受礼教熏陶，还有塾师专门为她讲经。但她内心的情欲却是天然的，"我一生儿爱好是天然"。游园赏春，不觉伤情，慨叹年方二八却未有佳配，她羡慕崔莺莺和张君瑞密约偷期终结秦晋的故事。她与梦中书生一见钟情，尽享肉体之欢。之后她又独自去花园寻梦，希望旧梦重温。她预见到自己将不久于人世，希望把自己葬在梅树边："这般花花草草由人恋，生生死死随人愿，便凄凄楚楚无人怨。"这一切都得到实现。柳梦梅拾到画像并在房中观赏轻唤，被杜丽娘的鬼魂听到，她确定对方就是自己一直要寻找的梦中人，毫不犹豫以身相慰。因见柳爱得一往情深，便说明真相，柳梦梅不改初衷，依计开棺，真情感动诸神，丽娘死而复生。丽娘用自己的"至情"冲破种种藩篱——门当户对、无媒而嫁、贞节烈女等等，终于凭自己的执着大胆将梦境变成了现实。

可以说，《牡丹亭》将才子佳人冲破礼教自由结合的主题推向了高峰，以后的类似题材无有出乎其右者。但是歌颂美好人性、批判残酷礼教的戏却从未停止。

小知识◎商小玲肠断《牡丹亭》

《牡丹亭》一上演，立刻家传户诵，受到民众热烈欢迎。有少女读其剧本后深为感动，以至于"忿惋而死"。涧房《蛾术堂闲笔》记载：杭州有一女伶叫商小玲，色艺双绝，尤其擅长《牡丹亭》。她自己的爱情不顺利，遂郁郁成疾。每次演到杜丽娘《寻梦》《闹殇》诸段，仿佛身临其事，缠绵凄婉，泪痕盈目。有一天演《寻梦》，唱到"待打并香魂一片，阴雨梅天，守得个梅根相见，盈盈界面"时，随即倒地。扮演丫鬟的演员上前一看，商小玲已气绝身亡。可见《牡丹亭》对感情受压抑的女子的影响。

三 理与情的张力

2. 从来食色性相同
——批判假道学

宋明理学提出"存天理，灭人欲"，这里的人欲本来是指人的贪欲，而并非指人的所有欲望。所谓"饮食男女，人之大欲存焉"，饮食是维系生命必不可少的，繁衍后代则需男女之欲。宋明理学反对欲望过度，"饮食者，天理也；要求美味，人欲也"。合理的饮食欲望是天理，过分的要求美味就是理学要灭的"人欲"。"天理"与"人欲"是相对的，正常的合理的"人欲"就是"天理"，过分的多余的甚至是罪恶的"人欲"就是理学要灭的"人欲"。"存理去欲"本是理学重要的修养论，具有丰富的内涵。可惜到了明清时期，变成了一句简简单单的口号或标签，被故意夸大成了禁欲主义。尤其对于妇女，明代以后盛行的贞节牌坊，就是从制度上压制妇女的情欲。压抑得越深，反弹得就越剧烈。戏曲不仅提倡俗世的爱情解放，还把批判的矛头指向了空门。

明代文学家冯惟敏创作的杂剧《僧尼共犯》就是一部大胆批判禁欲主义的作品。龙兴寺和尚法明自幼剃度出家，但他向往尘世生活，与碧云庵尼姑惠朗情意相投。一天晚上，他闲来无事，来到庵堂与惠朗幽会。正偷情时，被好事者拿个正着，送到官衙。吴巡捕看似糊涂，咋咋呼呼，又用刑，又索贿，但最后他成全了二人，令他们还俗成亲。该剧肯定了情欲和物欲，追求个性自由。法明情欲难禁，便率性而为，压根不把清规戒律放在眼里，你看他嘲弄僧和尼的关系："往古来今，天下庵观，有僧人便有尼姑，有道士便有道姑，这都是先代祖师遗留下的。俺想起来，这便是为俺出家人放一条生路。若无这条路儿，那一个呆狗头肯出家也！"被好事的街坊发现后，惠朗很镇定："量俺们也不是强奸，又不该死，和他见官去罢！"她把和法明的关系看得很自然，并不觉得有害什么风化。正因为他二人真诚相爱，所以连吴巡捕都被打动了，名义上将二人逐出空门，实际上是让他们还俗享受尘世生活。吴巡捕还念了首诗："从来食色性相同，到底难名色是空。念佛偏能行鬼路，为官何不积阴功。"道出了全剧的主旨：从来食色性相同，人的合理欲望和自然人性不容禁锢。

该剧也是一个讽刺剧，讽刺了那些道貌岸然、表里不一的假道学。法明一出场便说："少年难戒色，君子不出家。"他不明白自己出家"看经念佛，磕头礼拜"到底是为了什么，并提出一连串的疑问：为什么佛祖自己留发垂髫，却要弟子们落发剃光？为什么佛公佛母辈辈相传，生长佛子，弟子们却只能做光棍？没有老婆，怎么度日？其实熟悉佛教的人都知道事实并非如此。但世间总有这样的人，满嘴的仁义道德，背地里男盗女娼，表里不一，其行为就有如法明怀疑的佛祖。这种人就是被人们痛恨的假道学。明中后期的李贽就激烈批判假道学："阳为道学，阴为富贵，被服儒雅，行若狗彘然也。"（《续焚书·三教归儒说》）伪道学家满口仁义道德，实际上是借道学这块敲门砖，"以欺世获利"，为自己谋取高官利禄，他们"口谈道德而心存高官，

李贽像

李贽（1527～1602年），字宏甫，号卓吾，别号温陵居士、百泉居士等。在麻城讲学时，从者数千人，中杂妇女，晚年往来南北两京等地，被诬，下狱，自刎死。著有《焚书》《续焚书》《藏书》等。

志在巨富"（《焚书·又与焦弱侯》）。冯惟敏借法明之口揭露了这类人的虚伪性。

当然也有专门揭露假道学的戏曲，如《东郭记》。该戏是以齐人由落魄到发迹的故事为主线，将《孟子》中的一些实有或虚构的故事巧妙联结起来，讽刺官场黑暗和虚伪道学的一部喜剧。齐人"本齐东一酒徒"，是个乞人无赖，无一技之长，却经常穿着青袍儒巾，高谈清廉道义。他偶遇齐东姜氏姐妹，便急不可待要入赘，本与大姜成亲，却得陇望蜀，强行勾引小姜。白天出去乞食，吃得醉饱，晚上便回家吹嘘自己与富贵高官饮宴交游。一次他正在墓地乞食，被尾随而来的妻子看见，回家后遭妻妾奚落，他满不在乎地说自己在"玩世"。他答应下不为例，带着妻子倾其所有准备的钱财礼物进京求官。穷困之余见到了把兄弟淳于髡。淳于髡念及旧情，荐之于朝廷，授大夫之职。因抢市集高地而得罪了权臣王骥，正赶上齐国要伐燕国，王骥便推荐齐人领兵，意图加害。阴差阳错，齐人在主帅的带领下打败燕国，回国后一下子成了炙手可热的权贵，新交故旧纷纷巴结，王骥还和他结成了儿女亲家。这时，他又义正词严地讲起道学，羡慕隐士陈仲子的高风，要抛弃荣华携家归隐了。

剧中作者借齐人、陈仲子、王骥等人的言行辛辣地讽刺了假道学。

假道学的一个特征就是沽名钓誉，毫无廉耻之心。齐人一登场便表白心迹："当今之日，贿赂公行，廉耻道尽，我辈用其长技，取富贵如拾芥耳。""规小节者，不能成荣名；恶小耻者，不能立大功。""论先资，全在无廉耻。"这决定了他无论做什么事都没有廉耻之心。偷窥小姜沐浴，连他自己都说："为爱鸾凤好，几成禽兽行。"他侥幸打败燕国，淳于髡打趣说连邹国的孟轲都记下你的功劳了，齐人立刻恬不知耻地说那就请他把俺的生平事迹、墓志铭也都写了吧。他仗势强占集市高地，又推荐两个无知无识的乞丐兄弟做官，就是这样的一个人最后也开始像个道学先生抨击朝政了：

（生）猛提起朝中群哲，有几个公忠清节。陈贾辈谄媚奸邪，景丑氏一班儿不免庸庸者。那讨个甘直谏蚳蛙气烈，那讨个勤抚宇平陆心竭，则为名和利一番中热，做了妾与妇一般容悦。

（旦笑介）竟是道学先生了。

（生）好轻薄！难道齐人就谈不得道学？想那道学先生正是我辈耳。休笑咱这齐人也高谈道学口儿喋。

他自己行为放荡轻薄，厚颜无耻，结党营私，沽名钓誉，却谴责别人不公忠清节，活脱脱一个虚伪不堪的假道学。他仿佛看透了红尘，"富贵功名，草头露耳"，便假作清高，要做个清闲自在的人。他说自己早有归隐之志，只不过为了妻儿，"含羞忍辱，奔走仕途"，为自己当初奔走求官的不耻行径贴金。假清高，假道学，齐人是当时社会上一批人的代表。

剧中的陈仲子自称"廉士"，几乎饿死道旁，见到被吃得只剩下

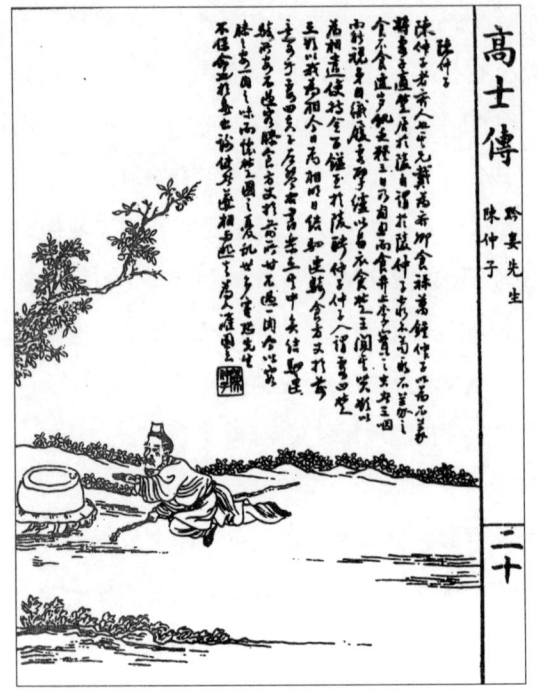

陈仲子

选自《高士传》。陈仲子乃战国时期齐国著名的思想家、隐士。陈仲子避兄离母,又先后坚辞不受齐国大夫、楚国国相等职,先迁居於陵,后隐居长白山中,终日为人灌园,最终饥饿而死

小半个的李子和蛴虫,便饥不择食吃起来,还边吃边说:"仲子有如此之遭逢,可知天生廉士。"说蛴虫是"野人之味,隐士家蔬"。路遇强盗抢劫,他拿出包裹酸文假醋地与之拽文,竟然将两个强盗"酸"跑了。他鄙视其兄的为人,但为了探母,不得不去其家。正赶上有人送来一只鹅,陈母便命人杀鹅款待仲子。他一开始死活不肯吃,母亲百般劝解,他才答应:"定要儿尝么么可,教俺奈若何。真真逼勒的无方躲,也索尽些些没奈腾那,只怕陡遇着俺那官哥。"原来他是怕哥哥看见,坏了自己的廉士名声。他刚吃了一口,他哥哥便过来了,

戏弄了几句，仲子便跑出去呕吐了起来。刻意的好名，无异于沽名钓誉。

王骕平时峨冠博带，却是靠沿街卖唱为生，嫌不赚钱，便沦为窃贼，专门偷鸡，被抓住后竟然提出由一日一鸡改为一月一鸡，"一月一鸡充脏，可也廉堪奖"，厚颜无耻到无以复加的地步。通过偷窃积攒了百金，贿赂田戴做了官，并一直做到右师。这样一个人根本就不会将国家社稷放在心上。他公报私仇，推荐不懂兵法的齐人领兵伐燕，当田戴提醒他"万一致败，恐损国威"时，他回答："你这老师又太认真了，国威便损损何妨？"他喜欢男风，来巴结他的陈贾和景丑立刻投其所好扮成女人，陪他喝酒，丑态百出。就是这样一群"被服儒雅，行若狗彘"之徒，最后都被封官加爵。该戏对假道学的嘲讽、对黑暗官场的揭露可谓淋漓尽致、入木三分。

3. 乐而不淫，哀而不伤
——戏曲中的中庸之道

孔子曾赞美《关雎》之诗"乐而不淫，哀而不伤"（《论语·八佾》），朱熹注曰："淫者，乐之过而失其正者也。伤者，哀之过而害于和者也。"（《四书集注》）性情之发泄要适度，也就是符合中庸之道。《中庸》云："喜怒哀乐之未发谓之中，发而皆中节谓之和。"中和就是天地万物各得其所，是最和谐的状态。儒家反对情绪上的大起大落，大喜大悲，因为这都不符合修身之道。表现在艺术上，反对一悲到底或者全是喜剧，所以很多戏曲内容上是悲剧的，但结局却是喜剧的。如《窦娥冤》，内容极尽悲凄，结局却是窦娥沉冤昭雪，让人在伤心压抑之余，通过大团圆的结局最终得到释放。再如《西厢记》，原出自唐代元稹《莺莺传》，结局本是崔莺莺被始乱终弃，王实甫不满意这个结局，于是《西厢记》便以"天下有情人皆成眷属"为终结，引起后世很多爱情戏纷纷效仿。这一方面是前文所分析的善恶有报思想的体现，另一方面也是中庸哲学思想的渗透和表现，符合人们的审美心理。明清传奇多属此类。

清初洪昇的传奇《长生殿》改编自元杂剧《梧桐雨》，就是根据白居易的《长恨歌》铺排唐玄宗和杨贵妃的爱情故事，充分运用了大喜大悲的叙事方式。该剧伊始就极力渲染玄宗与贵妃的奢侈排场、异常恩爱，虽然期间时有波折误会，但立刻和好如初，并于七月七日在长生殿中钗钿定情，相约"在天愿做比翼鸟，在地愿为连理枝。天长地久有时尽，此誓绵绵无绝期"。玄宗为贵妃可谓"弛了朝纲，占了情场"——此时的甜蜜欢洽达到了顶峰。乐极而生悲——随即渔阳鼙鼓动地，安禄山反叛，直逼长安，玄宗被迫带着贵妃西逃。途中六军不发，先杀死奸臣杨国忠，然后逼贵妃自尽。玄宗百般庇护，反而引发更大不满。身为皇上的唐玄宗竟然连自己最心爱的妃子都保护不了，可想而知他的心情。二人悱恻缠绵，生离死别，贵妃无奈自缢，留下玄宗万般思念，千般悔恨，整日肝肠寸断，见花悲，见水愁。而贵妃死后也深深忏悔，她并不恨玄宗，而是痛"情缘两断不再续"。她相信"恩已虚，爱已虚，则那长生殿里的誓非虚。情可辜，意可辜，则那金钗钿盒的信难辜"，于是"更抱贞心，初盟不负"——此时的凄惨悲情达到了绝望的境地。悲极而又喜——二人彼此刻骨铭心的思念终于上达天庭，感动了诸神，于是下令"两人居忉利天中，永远成双，以补从前离别之恨"。贵妃住蓬莱仙岛，玄宗于中秋节飞升在月宫与

元稹像

元稹（779～831年），字微之，别字威明，河南洛阳人。他是新乐府运动的倡导者和中坚力量，与白居易齐名，世称"元白"，诗作号为"元和体"

妃子见面，被封为元始孔升真人——真可谓山重水复疑无路，柳暗花明又一村，剧情渐渐走出悲剧低谷，重给人温暖的希望。而这种希望是二人"把别离生死同磨炼，打破情关开真面，前因后果随缘现"的结果，而不是随随便便的赐予。换句话说，正是他二人"真诚所至，金石为开"，才有这圆满的喜剧的结局，从而使该戏的主题得到了升华。悲喜交融，观众的情绪随之波动，但最终在情感上得到了某种安慰和补偿，达到不悲不喜抑或亦悲亦喜的中和状态。

从观众的角度，也不愿意看到悲剧的结局。清代著名曲论家李渔说得很直白："传奇原为消愁设，费尽杖头歌一阕。何事将钱买哭声，反令变喜为悲咽。惟我填词不卖愁，一夫不笑是吾忧。"进剧场看戏本为了消愁解闷，一悲到底的戏反会让人愁上加愁，所以悲剧结尾的戏一般不受欢迎。因此很多戏本来不具备大团圆的条件，但作者为了迎合观众心理，硬是安排了喜剧的尾巴。《雷峰塔》便是这类戏。

明传奇《雷峰塔》是京剧《白蛇传》的前身，在刻画人物和情节安排上并不像现在这样非善即恶、泾渭分明。该剧第二出就交待主人公许仙乃如来座前一捧钵侍者，因与白蛇前生注定有一段孽缘，所以敷衍出的故事就在情理之中。法海乃奉如来之命点化许仙、降服白蛇，所以他的所作所为也是合情合理的。修炼千年的白蛇羡慕尘世生活，欲寻有缘之士共同修炼，但她一见到许仙便觉他道骨非凡，欲"相遂奇缘"。她对许仙一往情深，但她也无端给许仙造成了很多麻烦，如盗窃官银，盗窃八宝明珠巾，抢夺人家的檀香木，让许仙吃官司，受皮肉苦。所以剧中的白蛇绝不是完全无辜的受害者。但她对爱情的执着真挚却构成了全剧的主线，并最终救了自己。相比之下，许仙却是个感情上没有主见、一心只为自己考虑的薄情人。不断有人提醒他遇到了妖怪，他每次都相信并照着对方的方法对付妻子，这当然可以理

水淹金山寺
陕西凤翔民间木刻画。画的是许仙被法海软禁于金山寺,白娘子前往索要遭法海拒绝,遂施法术水漫金山的情形

解,毕竟任何人遇到妖怪都会恐惧的。但是白蛇一次次用行动证明自己对丈夫坚定不移的爱,尤其是在身怀有孕的情况下还要长途跋涉去盗仙草、水漫金山,就如她亲口所说"我敬夫如天,何曾害他",此时的许仙仍然巴不得早点除妻而后快,这就显得太绝情绝义甚至没有人性了。

许仙和白蛇的爱情生活总是风波不断,在法海出现之前,那些危机都被白蛇巧妙地一一化解。总体而言,从二人舟遇到端阳节饮雄黄之前,夫妻生活平静和美,算是波澜不惊;白蛇端阳现原形吓死许仙,风波陡起,二人的关系急转直下,许仙再也不相信白蛇的话,终于白蛇被镇压在雷峰塔下受苦，这是全剧的高潮，也是悲剧的顶峰；最后许仙之子中状元祭塔，其孝行感天动地，佛祖下令将白蛇释放，与许仙同升忉利天宫，一个喜剧的结局。因为剧中人物都不是全善全恶的，所以观众在观看时的心情也是双重的：对白蛇充满了同情，又讨厌她偷窃抢夺的行为所带来的麻烦；对许仙既痛恨他感情上的摇摆不定，又理解他害怕与妖怪同处的心理；对法海既反感他对白蛇的赶尽杀绝，又明白他只是执行命令的小喽啰而已。就剧情而言，风波不断，每次危机到来，观众的心就会揪起；危机化解，观众就会松一口气。大家的情绪就是这样在跌宕起伏的剧情中起起落落，最后痛心伤心之余又欣喜本性善良的白蛇修成正果，所谓善恶有报、皆大欢喜——观众可以满足地回家了。但是这个结局确有些牵强附会，因为前文的铺垫实在太少了。

中庸思想在戏曲中的另一个体现便是以理节情，情理交融。戏曲是讲情的，尤其是爱情戏，情感、情欲的迸发往往容易一泻千里不可收拾，这无疑不符合中和之道。于是理性、理智就会出来加以节制，使这种情感朝着良性的、符合伦理规范的方向发展。《牡丹亭》中杜丽娘因情而死，又因情而生。她还魂复生后，柳梦梅要与她正式结为夫妻，她说要待父母之命、媒妁之言："待成亲少个官媒，结盏的要高堂人在。"她鼓励柳梦梅进京赶考，好让父亲承认他们的婚姻。也正因作者既写情又不离理，所以最后柳杜的婚姻得到了皇帝的支持，受到了褒奖。否则，岂能容于社会？

应该说，传统抒写爱情的戏曲无论在情节还是人物心理刻画上都是大胆的，甚至是极端的，它把人的情欲毫无保留地宣泄了出来。这种"情欲至上"的思想即便在今天也是很前卫的，但在礼教森严的古代就具有解放个性、冲破枷锁的现实意义。当人们对现实的婚姻制度不满、对欺世盗名的假道学感到厌恶却无从发泄时,戏曲舞台无疑就成为人们控诉现实、谴责道德沦丧的道德法庭。

小知识◎可怜一夜《长生殿》,断送功名到白头

　　洪昇的《长生殿》的创作历经10年,三易其稿。康熙二十七年(1688年),他把旧作《舞霓裳》传奇戏曲改写为《长生殿》,传唱甚盛。次年八月间,招伶人演《长生殿》,一时名流多醵金往观。时值孝懿皇后佟氏于一月前病逝,犹未除服,给事中黄六鸿以国恤张乐为"大不敬"之罪名,上章弹劾。洪昇下刑部狱,被国子监除名。与会者如侍读学士朱典、赞善赵执信、台湾知府翁世庸等人,都被革职。时人有"可怜一夜《长生殿》,断送功名到白头"之叹。

◎京剧电影《白蛇传》

　　1980年,梅派传人李炳淑主演了京剧电影戏曲片《白蛇传》,反响极大。剧中的白素贞美丽善良,许仙忠厚真诚。二人开药店,素贞亲自把脉看病,深受乡邻敬重。金山寺僧法海断定素贞是害人的妖蛇,唆使许仙斩断孽缘,随他出家。素贞水漫金山,法海也召来天兵天将。素贞因有孕,体力不支,败退下来,败至断桥,腹痛难行。许仙赶来,一再谢罪,素贞说出了真情,二人更加意定情坚,和好如初,同投许仙姐丈家安身。白素贞生一子,法海于婴儿弥月之期,将白素

贞摄入金钵,压在雷峰塔下。后小青炼就三昧神火,将法海烧进螃蟹壳内,又烧毁雷峰塔,救出素贞,一家人终于团聚。电影善恶分明,体现了正义战胜邪恶的思想,受到观众热烈欢迎。

四 情与礼的交融
——儒家的政治理念对戏曲的影响

孟子云:"古之人,得志,泽加于民;不得志,修身见于世。穷则独善其身,达则兼善天下。"(《孟子·尽心上》)由修养自身到惠泽家国天下,儒家积极入世的本质注定了它的全部思想都是为政治服务的。学习、受教育本是为了求道、修身,不是为了仕禄,但是"学而优则仕",学有余力不妨去经世济民。人伦教化本身就是政治的一部分。在古代,君臣一体,家国不分,所以忠君爱国自古以来就是中华民族的优良传统。宣传忠君爱国思想就构成了戏曲的重要部分。人们希望实现社会大同、社会公正,于是公案戏应运而生。自古华夏夷狄不两立的思想也根深蒂固地渗入到人们的骨髓中,元代、清代又恰是少数民族入主中原,于是戏曲家们借古讽今,或托古人之故事,或述现世之事实,抒发内心的愤懑不平。

1. 忠君爱国

中国自古就有爱国的传统。屈原爱国直言劝谏，反被楚王流放，投江自尽，留给后人永远的纪念。西汉大将霍去病屡破匈奴，战功卓著，当汉武帝下令给他修府第时，他拒绝了："匈奴未灭，何以家为？"病逝时年仅 24 岁。这句话激励了世世代代的华夏子孙。东汉伏波将军马援自南方还军，主动请缨北击匈奴，他慨然说："男儿当死于边野，以马革裹尸还葬耳，何能卧床上在儿女子手中邪？"北宋范仲淹一生忧国忧民，对内改革，对外御边，政绩卓著，却被谪出京，他"居庙堂之高则忧其民，处江湖之远则忧其君"，不以物喜，不以己悲，"先天下之忧而忧，后天下之乐而乐"的爱国精神光耀千古；南宋文天祥被俘不屈，留下了"人生自古谁无死，留取丹心照汗青"的千古名句。历史上那些忠心耿耿、直言不讳的大臣，无不站在社稷安危、黎民疾苦的角度。他们的事迹构成了中国的主流传统，并被一代代地传唱、发扬。

迄今为止，流传最广、影响最大的要数杨家将和岳飞的故事了。杨家将的第一代领导人杨业（又称杨继业），在历史上确有其人，为

年画《四郎探母》
描绘杨四郎拜见母亲佘太君的情形

北宋名将,被誉为"杨无敌"。史载其"军纪严明,屡建战功",但在一次北宋伐辽战役中,由于主帅潘美和监军王侁的错误指挥,他被迫孤军奋战,于陈家谷矢尽援绝,重伤被俘,绝食而死,终年60岁左右。其事迹在当时便广为传颂,后经戏曲、小说的渲染,逐渐形成了"杨家将"的故事。

关于杨家将,元杂剧中有《昊天塔孟良盗骨》《谢金吾诈拆天波府》,至清代形成了一个系列,《金沙滩》《天门阵》《杨文广征西》《四郎探母》《辕门斩子》《穆桂英挂帅》等,演绎了杨家将几代人男女老少精忠报国的故事,其中大部分属于虚构。杨令公带着8个儿子(合称"七郎八虎")血战金沙滩,保了宋主的命,却使杨家女人都成了寡妇。唯有六子杨景（字延昭）幸存下来，被封为三关总帅。朝中又有辽国奸细暗中挑唆，杨景屡次险些被害。他一离开边关，辽国便趁机起兵，朝廷就不得不起用他，打败辽兵。最后辽国摆了天门阵，闻得穆柯寨的降龙木能破此阵，杨景便命儿子杨宗保去求取。遇穆桂英，二人临阵招亲，杨景怒而欲斩子，桂英下山献上降龙木，并亲自挂帅破了天门阵。此后便是杨家第二代、第三代的故事。西夏进犯，镇守边关的杨宗保不幸受伤（有的戏说他被射死了），派人回朝搬兵。朝中无将可派，情急中想到了穆桂英。此时杨府正在为老太君拜寿。太君得知，不顾体迈，亲自面君，慷慨陈词为杨家请战。于是穆桂英挂帅，其子杨文广为先锋，一门女将一齐披挂上阵，大败西夏。

儒家提倡忠君爱国，但反对愚忠，孔子云："天下有道则见，无道则隐。"（《论语·泰伯》）杨家将有一个特点，无论宋主如何对待杨家——赏赐也好充军也罢，杨家始终忠心不二，只要国家有难，就义不容辞为国分忧。主要出于以下考虑：一方面是食君禄受皇恩理当报效，另一方面是为黎民百姓免受刀兵涂炭——主要是出于后者，这就避免了愚忠，因为总体而言，故事中的宋主都是昏聩无能、易听信谗言的昏君。杨家忠君主要是因为爱国，这种忠爱不容有任何因素的干扰，哪怕是遭到不公平的对待，哪怕是特殊情况下不得已的变通。有两出戏很能说明问题。

今天经常上演的京剧《四郎探母》，讲的是杨四郎在金沙滩一战后流落北番，被铁镜公主看中，招为驸马，还生有一子。他改名木易，辽国并不知道他是杨家将。萧天佐摆下天门阵，佘太君押送粮草来到前线。四郎得知，有心前去探母。在铁镜的帮助下盗得令箭，他偷偷出关去宋营拜母。母子见面，悲喜交加，尽诉离别之情。四郎说明情况后又连夜返回辽国。萧太后得知大怒，经铁镜公主讲情，一场风波

年画《幽州城内南北合好》
这是《杨家将演义》里的故事：辽国萧太后与杨六郎于雁门关交战，难分胜负，佘老太君奉旨助战，大败辽军。萧太后无奈，递表乞降。萧、杨两家骨肉团圆，宋辽两国亦归和好

才算平息。该戏的结局是皆大欢喜的，四郎既探了母，又保全了身家性命。

  同样一出戏，在赵树理先生编写的上党梆子《三关排宴》里，杨四郎就没那么幸运了。剧中的杨四郎是一个贪生怕死、贪图富贵之人。他幽州一战被擒后改名换姓，谎称自己孤身一人无父母、无妻儿，因相貌英俊被桃花公主招为驸马。佘太君得知，羞愧难当，一直想找机会惩办四郎。宋大败辽国，两国相约在三关会盟。四郎夫妇随辽主萧太后同往边关。酒宴上佘太君揭穿了四郎的真实身份，萧太后大惊。萧太后谴责四郎欺瞒国主，不忠不孝，四郎苦苦哀求，萧太后看在佘

太君面上不好追究。太君提出要带四郎回朝祭祖，桃花公主左右为难，不得不自尽。这更增添了太君对四郎的痛恨之心。她将四郎打入囚车，押送回朝。四郎央人向太君求情，太君不理，后杨排风向他道明实情：

> 真要是老太君把你宽宥，回杨府我还是替你发愁。全家人禀忠心扬眉昂首，你算个什么人混在里头。手下人也不愿把你侍候，对外人又不便让你出头。像这样活下去将将就就，也不过是一个无期长囚。劝四爷你还是思前想后，老太君她怎好把你收留？

杨四郎听罢杨排风的话，如梦方醒，羞愧自刎。显然，按照杨家世代忠良的门风，绝不能容忍像杨四郎这样不忠不孝、无情无义之人，所以对他来说，最好且唯一的选择就是自尽。对杨家而言，忠君爱国是无条件的，《四郎探母》中的情节安排未免理想化了，不符合杨家将的立场。

至今仍然屹立在西子湖畔的岳王庙和络绎不绝的瞻仰者充分表明，人们至今仍然对岳飞精忠报国的事迹和他冤死的遭遇感叹不已。宋元戏文中的岳飞戏均以秦桧东窗设计陷害岳飞为主要内容，如现存的元杂剧《地藏王证东窗事犯》。到了元明之际，开始出现歌颂岳飞精忠勇武大败金兵的戏，如杂剧《宋大将岳飞精忠》。影响最大的当属明代无名氏的《精忠记》和冯梦龙的《精忠旗》。

《精忠记》有很多与史实不符的情节，如岳飞女儿和夫人都自尽身亡，岳飞平反是由于韩世忠上奏皇帝秦桧通敌卖国，秦桧等奸臣被问罪，岳飞被平反封赠等。当时就有有识之士对此感到不满，于是冯梦龙依据《宋史》岳飞本传及相关的笔记记载，也吸收了《精忠记》

的部分故事,编成《精忠旗》,突出"精忠"主旨。《精忠旗》大致分为两部分:从岳飞刺背到他与岳云、张宪被害,基本与《宋史》记载相符,属纪实描写;从岳飞女儿投井到剧终则多属艺术化的虚构,阴府讯奸、秦桧鬼魂受到岳飞鬼魂的审问、秦桧湖中遇鬼受到斥骂惊吓而死等情节,体现了善恶有报的理念。

明末清初出现了一批为岳飞翻案的戏,如《牛头山》《续精忠》,离开历史上岳飞的悲剧命运,以岳飞大胜被封侯作结局,或者写岳飞、牛皋的后代如何击败反叛降金的秦桧的后代,然后受皇帝封赐,以此体现岳飞的无往不胜、善恶有报的理念。而清代的《碎金牌》则完全是作者按照自己的理想描写岳飞如何直捣黄龙、收复汴梁然后退隐,表达了人们希望历史不应如彼而应如此发生的美好愿望。总之,无论何种类型和内容的岳飞戏,都有一个共同的主题:歌颂岳飞精忠报国,痛斥秦桧卖国求荣。

此外,明清传奇中还塑造了很多忠君爱国的艺术形象,如《宝剑记》中的林冲,《浣纱记》中的范蠡和西施等。

《宝剑记》所讲的故事与《水浒传》略有不同。林冲曾镇守边关10年,建立过大功,后为禁军教头。因高俅等奸臣惑乱朝纲,大兴土木,采办花石,惹得江南民怨沸腾。林冲忧国忧民,上章弹劾高俅。高俅怀恨在心,以白虎堂看剑为由诬陷林冲行刺,林冲被刺配充军。途中两个解差于野猪林加害林冲,被鲁智深搭救。高俅又令人火烧草料场,林冲被逼上梁山。他率领兵马直抵京城,要捉拿高俅报仇。此时朝廷亦有大臣弹劾高俅误国殃民,皇帝准奏,梁山招安,林冲官复原职并加二级,高俅被问死罪。

戏中的林冲不再是忍气吞声、只想息事宁人过日子的人物形象,而是具有满腔爱国热忱、敢作敢当的忠臣良将。他痛恨权奸"误国殃民,

"豹子头"林冲
出自清代张琳绘工笔重彩《水浒人物图传》

那更开边患。天条轻犯,致生民苦遭涂炭,趯家业有似丘山",痛心"天下荒芜,人民逃散,生不能安,死不能葬",如此民贫国难,于是下定决心"为国忘家,剪恶除奸"。他忠心耿耿,哪怕被逼得有家难奔、有国难报,都矢志不渝,"不敢背君逆亲";哪怕投奔梁山,都是迫不得已,绝不是背叛朝廷,而是等待时机,"专望招抚,再报君恩"。一旦朝廷问了高俅的罪,立刻解甲罢兵,重做忠臣孝子。该剧似乎向人们昭示:国家出现问题,都是下面做臣子的不好,与皇上无关,皇上总归是明君圣主。作者不忍心林冲这样的忠君爱国之士遭受不公平待遇,于是安排了大团圆结局,当然这只是寄托作者的理想罢了。

《浣纱记》改编自《吴越春秋》,是一部历史剧。该剧歌颂了范蠡和西施忠君爱国、舍小家为国家的高尚情操,鞭挞了误国卖国的奸邪小人。剧中的范蠡和西施都具有高尚的人格,既忠君爱国,又忠于爱情。范蠡与西施定情之后,越国就发生了国变。为了国事,他勤劳奔走,无暇顾及婚姻。当越国需要绝色美女时,他立刻想到了西施:"想国家事体重大,岂宜吝一妇人?"这倒不是他轻视爱情婚姻,而是在他看来这关系到"社稷废兴"。献上西施,他也不忍,但他通晓个中利害:

"若能飘然一往,则国既可存,我身亦可保,后会有期,未可知也。若执而不行,则国将遂灭,我身亦旋亡。那时节虽结姻亲,小娘子,我和你必同做沟渠之鬼,又何暇求百年之欢乎?"

西施同样伟大,她苦等心上人三年,害了心疼病,等来的却是去敌国服侍仇人。但她深明大义,为了越国,只得忍痛割爱。十年的忍辱含垢,终于换来了母邦的胜利和与心上人的重圆。在这方面,范蠡表现出了大丈夫的气概,他"为邦家轻别离,为国主撇夫妻",他心痛西施为国家作出的牺牲,所以初心不改,与西施缔结良缘。他们忠贞不渝的爱情、舍家为国的精神千百年来久唱不衰。

2. 错勘贤愚枉做天
——戏曲中的法治梦

儒家一向提倡以德治国，孔子有言："道之以政，齐之以刑，民免而无耻。道之以德，齐之以礼，有耻且格。"（《论语·为政》）以德与礼治国比用法和刑治国更根本。但他任鲁国大司寇时，才三日便杀了以替人诉讼为职业的少正卯，鲁国上下一时肃然。可见孔子并不反对用刑。他直言："听讼，吾犹人也。必也使无讼乎！"（《论语·颜渊》）实现"无讼"是他的理想，也是大同社会的特征之一。孟子提倡仁者无敌，主张实行仁政。到了荀子，则提倡将礼和法结合起来，"治之经，礼与刑"，主张德主刑辅。

此后两千多年的专制社会，基本上沿袭了荀子的治国思想。一方面进行道德教化，一方面严刑峻法，两手都很硬。但因为权力过于集中，又缺乏有效监督，官员在运用法律上具有相当大的随意性，用刑取口供又具有合法性，所以贪官赃官昏官比比皆是，冤案错案葫芦案层出不穷。元代的统治尤其黑暗。元初废科举不用读书人，官员的选拔靠任命和世袭，有的官员连案情都听不明白，更遑论断案的水平。对现实的黑暗和不公正，人们无可奈何之余只能诉诸于戏曲、小说等，希望在这些文学艺术作品中惩贪除恶，实现社会公正。于是一批公案戏应运而生，伴随着的就是明镜高悬、执法如山的青天大老爷。

元杂剧中的公案戏甚多，其中包公戏占大多数，《三勘蝴蝶梦》《智斩鲁斋郎》《智勘后庭花》《智赚生金阁》《智赚灰阑记》《智赚合同文字》《陈州粜米》等，有的戏至今仍活跃在舞台上。此外，还有《钱大尹智勘绯衣梦》《河南府张鼎勘头巾》《张孔目智勘磨合罗》等，都揭露了社会的黑暗和吏治腐败，歌颂了清官。

关汉卿画像

李斛1962年为纪念关汉卿戏剧创作700年而作。关汉卿（约1220～1300年），号已斋（一作一斋）、已斋叟。后人称他为"驱梨园领袖，总编修师首，捻杂剧班头"，可见他在元代剧坛上的地位。代表作有《窦娥冤》《救风尘》《望江亭》《拜月亭》《鲁斋郎》《单刀会》《调风月》等

第一，揭露了社会的黑暗。等级制度森严的专制社会，享受特权的阶层必然超越于法律之外，横行霸道，恣意妄为。在他们眼中，平民百姓的生命和阿猫阿狗没什么两样。如《智斩鲁斋郎》中的鲁斋郎依仗自己是皇亲，目空一切，"胆有天来大。他为臣不守法，将官府敢欺压，将妻女敢夺拿，将百姓敢践踏"。他看中了银匠李四的妻子，用三盅酒下聘，十两银子盘缠，就把人抢走了，还扬言"你不拣那个大衙门里告我去"。后他又看中了张孔目的妻子，命张第二天把妻子送到他宅子中来，还不能迟到，"他若来迟了，就把他全家尽行杀坏"。就连包公都得用计，将鲁斋郎改成"鱼齐即"上奏，然后再添加笔画才将鲁斋郎处死。还有《三勘蝴蝶梦》

中的皇亲葛彪,公然声称"我是个权豪势要之家,打死人不偿命"。《智赚生金阁》里的庞衙内:"若打死一个人,如同捏杀个苍蝇相似。"《陈州粜米》中的刘衙内:"打死人不要偿命,如同房檐上揭一个瓦。"气焰嚣张得无以复加,却也是现实的真实写照。权奸当道,百姓哪有活路?这群特权阶层的存在和不法,反映了专制社会严重的不平等,折射出普通百姓生存的艰难,命如蝼蚁瓦片,丝毫无安全和尊严可言。"没来由犯王法,不提防遭刑宪,叫声屈动地惊天"的事屡见不鲜。

第二,揭露了吏治的腐败。这些公案戏有个共同特点:清官出现之前,必然有一个昏官,案子成了错案冤案,然后清官出场,案子真相大白。然后真正的罪犯受到惩处,昏官被革职。这些戏都对那些贪墨昏官的丑陋嘴脸进行了刻画,如《救孝子贤母不认尸》中的巩推官:"小官姓巩,诸般不懂。虽然做官,吸利打哄。""我做官人只爱钞,再不问他原被告。"他一听说是人命案,立刻将案子推给了手下人,一言不发。尸首旁放着杀人的凶器———一把刀子,他拿着刀子说:"倒好把刀子!总承我罢,好去切梨儿吃。"拿人命案当儿戏,说出话来像小孩子,老百姓还有什么指望?《窦娥冤》中的太守桃杌更不堪,原告跪下,他也跪下了:"但来告状的,就是我衣食父母。"无耻到极点。有些官员连基本的问案素质都不具备,《张鼎勘头巾》中的大尹连案情都听不懂,《智赚灰阑记》中的太守苏顺自嘲:"虽则居官,律令不晓。但要白银,官事便了。"因为这些官眼里只有钱、肚里没墨水,所以每有案子就推给下属——通常是令史,他们不承担直接的责任,怎可能用心办案?何况有的令史本身就是当事人,如《智勘灰阑记》中的赵令史本就是与马员外的大老婆通奸合谋害死马员外的,而案子却由他来审。

冤案错案的铸就还在于办案的手段——刑讯逼供。因为口供是定案的唯一依据，所以一旦被告不招认，立刻大刑伺候，随即屈打成招。《救孝子贤母不认尸》通过被告之口控诉了官府办案的荒唐："你要我数说您大小诸官府，一划的木笏司糊突，并无聪明正直的心腹，尽都是那绷扒吊拷的招伏。把囚人百般拴住，打的来登时命卒。哎哟，这便是你做下的死个工夫！"专制社会，采用刑讯审案是合法的，所以也就成了官员们审案定案的捷径。这一点，即便是包公也未能免俗。

中国戏剧绘图：《救孝子》

《救孝子》，全名《救孝子贤母不认尸》，元王仲文杂剧。杨家庶子谢祖事母李氏至孝，李氏让亲生长子兴祖从军。谢祖送嫂春香回娘家，为避嫌疑就近分手。歹徒赛卢医杀婢毁容，强占春香。谢祖屈打成招，李氏据理力争。后杨兴祖立功回家，方得昭雪。杨氏一门得到褒奖。

四 情与礼的交融 | 99

《三勘蝴蝶梦》中他一听说打死的是皇亲葛彪，也不问青红皂白，命人将被告"一步一棍，打上厅来"，然后严刑拷打，一定要问出为首的是三兄弟中的哪一个。廉洁公正的开封府尚如此，其他地方可想而知。

第三，歌颂了清官。在专制社会遍地贪墨的情况下，要出淤泥而不染做一个清官，是何等可贵和艰难！北宋仁宗年间的包拯（999~1062年，字希仁，合肥人）立朝刚毅，清正廉洁，执法如山，当时就已经妇孺皆知。因他做过天章阁待制，所以人们亲切称呼他"包待制"。但《宋史》本传记载却相当简略，只有一个具体的"牛舌案"。不过有关他的故事已经在民间流传，主要是通过话本、小说、戏曲等形式。现存宋人话本有《合同文字记》和《三现身包龙图断案》两种，元杂剧与包公有关的有8部，明代则有小说《龙图公案》描写了100个包公断案的故事，至清代著名小说《三侠五义》问世，包公的形象越来越丰满，故事越来越离奇，包拯已经成为半人半神的包青天了。

元杂剧中的包拯足智多谋，"智勘""智赚"都是指他略施小计就解决了问题。他为官不仅公正，而且懂得变通。《三勘蝴蝶梦》中王家三子打死葛彪为父报仇，一审判三个人共同抵命。包公接案后拟判一人抵命。谁知三子抢着抵罪，王氏同意第三子抵罪。包公经过细问，得知前两个儿子都是前房留下的，而第三子才是王氏的亲生。他大为感动，便用盗马贼顶替了王三。还请示朝廷，旌表了王氏一门的孝悌。他嫉恶如仇，不惧权贵，为了查案经常微服私访，不怕吃各种苦。《陈州粜米》就生动描写了包公为了获得小衙内的第一手材料，扮作农夫，为粉头赶驴的故事。今天流行的戏，几乎都是包公和皇亲国戚斗争的戏，铡国舅、铡赵王、铡驸马、铡包勉、砸銮驾、打龙袍，充分体现了现实社会中人们对权贵为非作歹的痛恨，对像包公这种刚正不阿、为民做主、执法如山的清官的渴望。

公案戏的结局都是皆大欢喜的。哪怕是清官就要犯错误了,肯定会有意外的事情出现,挽救清官。如《钱大尹智勘绯衣梦》中,书生李庆安被冤下狱,看见一只苍蝇在蛛网上挣扎,心生恻隐,将苍蝇救了下来。开封府尹钱可重审此案,正要判"斩"字,一只苍蝇落在他的笔尖,反复三次,后来被捉住塞到笔管里,那笔竟然爆破了。钱可意识到该案定有冤枉,于是细细勘察,终于查明了真相。可见,连神明也不忍心清官犯错误,或者"头上三尺有神明""湛湛青天不可欺",正义总会战胜邪恶,沉冤总会昭雪的,要么靠清官,要么靠神灵。

小知识◎元代官员的任命

元朝科举未兴之前,完全靠世袭门第任命官员。有陈高《感兴》诗为证:"客从北方来,少年美容颜。绣衣白玉带,骏马黄金鞍。捧鞭揖豪右,意气轻丘山。自云金张胄,祖父皆朱燔。不用识文字,二十为高官。市人共咨嗟,夹道纷骈观。如何穷巷士,埋首书卷间。年年去射策,临老犹儒冠。"

◎包拯言志诗

包拯28岁中进士,因挂念父母在堂,所以他任职不久就回家了。直到父母去世,他才前往京城候职。他住在小客栈里,夜晚守灯苦读,写下了他平生唯一的一首五律:"清心为治本,直道是身谋。秀干终成栋,精钢不作钩。仓充鼠雀喜,草尽狐兔愁。史册有遗训,毋贻来者羞。"这是他立志做清官的宣言书。

3. 前事不忘，后事之师
——传统历史剧

儒家非常重视历史经验的记载和总结。中国的史官制度源远流长，相传早在尧舜时代就"左史记言，右史记事"，《尚书》作为上古之书，就是史官记载的成果。以后中国的历史记载一直没有中断过，煌煌二十五史承载了中国灿烂的历史文化。之所以重视历史，汉代思想家贾谊《过秦论》有段精彩论述："谚云：前事不忘，后事之师也。是以君子为国，观之上古，验之当世，参之人事，察盛衰之理，审权势之宜，去就有序，变化因时，故旷日长久而社稷安矣！"北宋司马光等人特意编《资治通鉴》，总结出许多经验教训，供统治者借鉴，书名

司马迁画像
司马迁是我国西汉时期伟大的史学家、文学家，以其"究天人之际，通古今之变，成一家之言"的史识完成了中国第一部纪传体通史《史记》，对后世的影响极为巨大，被称为"实录、信史"，他也因此被誉为"史圣"

的意思就是"鉴于往事，有资于治道"，即以历史的得失作为鉴戒来加强统治。这种中国特有的"史官文化"及其所蕴涵的文化精神给戏曲以深刻影响，戏曲中大量的历史题材的剧目以及历史剧充分证明了这一点。

历史故事和传说为中国古典戏曲提供了重要的素材。就元杂剧而言，以历史人物和历史事件为描写对象的剧目就有40多部，占现存元杂剧总数的四分之一强。单就"元曲四大家"来说，关汉卿有《双赴梦》《哭存孝》《单刀会》《五侯宴》《单鞭夺槊》，马致远有《汉宫秋》，白朴有《梧桐雨》，郑光祖有《王粲登楼》《周公摄政》《三英战吕布》《钟离春智勇定齐》《伊尹耕莘》《程咬金斧劈老君堂》。明清时期的传奇剧中历史剧居多，著名者如《宝剑记》《浣纱记》《精忠旗》《清忠谱》《鸣凤记》《长生殿》《桃花扇》等。此外，还有很多描写历史演义故事和传说故事的戏，如关汉卿的《裴度还带》，马致远的《荐福碑》《青衫泪》《陈抟高卧》，尚仲贤的《三夺槊》《气英布》，朱凯的《昊天塔孟良盗骨》，无名氏的《博望烧屯》《抱妆盒》《冻苏秦》《马陵道》《连环计》《隔江斗智》等。还有一些假托历史人物的戏，典型者如高明的《琵琶记》，无名氏的《渔樵记》等。

以上历史题材剧作的功能有三：

第一，通过人物的悲欢离合分析历史兴衰成败的原因。历史剧《桃花扇》借侯方域和李香君的爱情故事，再现明末清初一批爱国志士与南明小朝廷奸党斗争以及不与清廷合作的史实。作者"借离合之情，写兴亡之感"，抒发了国破家亡之际无限的感慨和悲痛。该剧歌颂了李香君的胆识气量、坚贞不屈，歌颂了抗清名将史可法的忠良正直、大义凛然，揭露和鞭挞了南明小朝廷的苟且偷安、相互倾轧、朋比为奸、沉瀣一气，充满了对明王朝无限的眷恋和幻灭的悲凉。南明的覆亡，

董狐画像

选自《东周列国志》。董狐,春秋晋国太史,亦称史狐。董狐不惧风险,秉笔直书,被孔子称赞为"书法不隐"的"古之良史",实开我国史学直笔传统的先河

李香君小像

陈清远绘。历史上的李香君乃秦淮名妓,色艺双绝,与书生侯方域两情相悦。后侯方域降清,李香君下落不明

清廷的胜利,通过剧中人的种种表现,个中原因不言自明。

"俺曾见金陵玉殿莺啼晓,秦淮水榭花开早,谁知道容易冰消。眼看他起朱楼,眼看他宴宾客,眼看他楼塌了。这青苔碧瓦堆,俺曾睡风流觉,将五十年兴亡看饱。那乌衣巷不姓王,莫愁湖鬼夜哭,凤凰台栖枭鸟。残山梦最真,旧境丢难掉,不信这舆图换稿。诌一套《哀江南》,放悲声唱到老。"

孔尚任以一套《哀江南》套曲抒写他内心的愤懑,催人泪下。国难见忠贞,患难见真情。善恶、美丑、忠奸就在这朝代更迭之际相继

四 情与礼的交融

登场，人情冷暖，世态炎凉，悲欢离合，家国兴衰，统统随着新王朝的确立灰飞烟灭，个人生命与家国命运的荣辱与共，个人命运在历史长河中的沉浮升降，无不让人生发"人间正道是沧桑"的感慨。透过《桃花扇》，我们不得不严肃地思考：人生如此短暂，不过是历史长河中的一朵浪花而已，我们该如何把握自己的命运？尤其当国家遭到巨变、需要个体仅仅掌控自己的方向时，我们怎样才能做到全身而退而不至于贻羞后世？侯方域和李香君最后看透人生，作为明王朝的遗民不屑于效命清廷，都遁入了空门。这应该是作为忠臣孝子作出的最佳选择吧。

　　《浣纱记》不仅是一出爱情戏，更是一部历史剧。该剧再现了吴越两国那一段波澜壮阔、惊心动魄的历史斗争。同时运用对比的手法对双方胜败、兴亡的原因进行了反思：一方是忠臣良将，一方是奸邪小人；一方是卧薪尝胆、任人唯贤，一方是骄奢淫逸、残害忠良；一方是举国上下同仇敌忾，一方是相互猜忌、离心离德。"以史为鉴，可以知兴替。"《浣纱记》不仅向人们展现了两个年轻人为了国家社稷的安危牺牲个人幸福的美好心灵，而且向世人揭示了兴衰成败的深刻原因：君明臣贤则国兴，君昏臣奸则国败。美人计只是越国谋图霸业的其中一个环节而已，西施只是众多爱国的良臣百姓中较为勇敢的一员而已。只有上下一心，同心同德，国家才有希望。

　　第二，通过抒发家国情怀，表达华夷民族观。华夷思想在中国可谓历史悠久。相传中国的第一个朝代是夏朝，居住在黄河流域一带的先民自称"华夏"，"中国有礼仪之大，故称夏；有服章之美，谓之华。华夏一也"。到了周代，周朝人认为自己所居住的地域处于大地的中央，所以自称"中国"，而把居住在四周的民族分别称为蛮、夷、戎、狄。但孔子定义夷狄却不是以地域，而是以是否具备道德礼义为标准。"夷狄之有君，不如诸夏之亡也。"（《论语·八佾》）意思是，夷狄不讲礼义道德，即使有君主，也不如具备礼义道德但没有君主的诸夏，道德礼义比君主重要。孔子编订的《春秋》里，夷狄就是一个道德文化意义上的概念。这种划分方法一直被后世沿用。佛教传入中国，儒家视之为夷狄，就因为佛教以出家为主的修行方式与儒家忠君孝亲的礼义道德格格不入。千百年来，华夏一直以自家文化为正统，而视周边落后民族为夷狄，非正统。中国历史上，蒙古族与满族以少数民族入主中原，他们无论在制度还是礼义文化上都远落后于中原地区，所以也被视为夷狄，在入侵中原的过程中，都曾遭到中原地区百姓和士大夫们的强烈抵抗。那些有着强烈民族意识的知识分子们以正统自居，誓死不在蒙元、满清朝廷做官，宁愿归隐山林。这种民族意识在戏曲中多有体现。

《单刀会》
清代杨柳青年画。图为关羽乘船到岸，鲁肃率人迎接的情节

关汉卿的元杂剧《单刀会》（全称《关大王独赴单刀会》）以《三国志》为依托，演绎关羽单刀赴会的故事。在《三国志》中，刘备乃汉室宗亲，所以他所建立的蜀汉政权一直被认为是正统，而曹魏和孙吴政权均是争夺汉家基业的异姓旁支。曹操挟天子以令诸侯，但他生前始终没有取汉而代之，也是顾忌正统非正统问题。《单刀会》中鲁肃为了夺回荆州，设计请关羽赴宴，准备在宴席上索取荆州，如不答应便令伏兵擒拿关羽，再索回荆州。关羽丝毫没把东吴放在眼里，带着周仓渡江赴会。酒宴上，鲁肃指责关羽傲物轻信，赖着荆州不还。关羽质问鲁肃："这荆州是谁的？"鲁肃："这荆州是俺的。"关羽云：

沉黑江明妃青塚恨
出自《元曲选图》。描绘昭君怀抱琵琶随着送亲队伍来到了汉番交界的黑龙江边

"你不知,听我说。想着俺汉高皇图王霸业,汉光武秉正除邪,汉献帝将董卓诛,汉皇叔把温侯灭。俺哥哥合情受汉家基业。则你这东吴国的孙权,和俺刘家却是甚枝叶?"借关羽的口,作者表达了他对当时政权的看法——这天下乃汉家基业,大汉族所有,所有其他的都是异姓夷狄,入主中原乃恶紫夺朱、鸠占鹊巢。

元杂剧《汉宫秋》则通过昭君出塞的故事,借汉元帝之口抒写作者的历史兴亡、男欢女爱和民族忧患之情。杂剧的演绎与历史记载有很大不符。王昭君貌美端庄,因无钱贿赂画师毛延寿,被毛点破画像,入宫10年未得召见。她闲弹琵琶,被汉元帝听到。元帝被昭君美貌吸引,封她为明妃,并下令处死毛延寿。毛逃走,将画像献给匈奴单于。单于向元帝索要昭君,否则发兵南侵。满朝文武竟无人为国分忧,元帝痛恨伤心之余无可奈何,只得忍痛送昭君和番。昭君行至番汉交界,以酒祭汉,然后投江而死。

国难当头,昭君毅然舍弃个人恩爱而顾全大局,其胆识足令那些平时峨冠博带、高谈阔论者羞惭。她以死报答元帝对自己的宠爱,誓死不嫁番邦,其贞烈足令匈奴人瞠目敬服。昭君的行为代表了宋元之际一批汉人的理念:生是汉家人,死做汉家鬼。

满清入关,所到之处烧杀抢掠,给中原文化带来极大破坏,尤其是江南一带,扬州十日,嘉定三屠,江南的士绅文化遭到巨大的摧残。随后建立的清王朝,与蒙元一样,在性质上都是夷狄统治。反清复明的斗争此起彼伏,一批明朝遗老如黄宗羲、顾炎武、王夫之等拒绝清廷的召唤,纷纷归隐山林,或称病不出。《桃花扇》中描写的秦淮名妓,在历史上确有其人其事。除了李香君和侯方域之外,柳如是和钱谦益的故事也令人唏嘘不已。钱谦益乃东林党首领,南明礼部尚书,既是一方名士,又是朝廷老臣。明亡,柳如是劝钱以死全节,两人相约一

柳如是像
柳如是乃秦淮名妓，自号河东君，多才多艺，气节过人

钱谦益像
钱谦益（1582～1664年），字受之，号牧斋，晚号蒙叟、东涧老人，明末清初散文家、诗人，与吴伟业、龚鼎孳并称为"江左三大家"，瞿式耜、顾炎武、郑成功都曾是他的学生

起投西湖。可是即将投湖之际，钱贪恋富贵，反悔了。柳如是痛恨他苟且偷生，鄙视他变节投靠，奋身投湖，硬被钱托住了。之后，钱在清廷做了礼部侍郎，后受牵连入狱，幸有柳如是四处奔走，才幸免出狱。后钱病死，柳如是自尽。清王朝花费了相当长的时间，才让汉人接受了其统治的事实，这固然有传统的"忠臣不事二主"的观念在起作用，但更重要的，还是夷夏观念在作怪。

此外，清代兴起的杨家将戏其实也反映了剧作家们的夷狄观念。历史上总是宋朝向周边的西夏、辽、金输出岁币，在对外作战时，宋总是输多胜少。而在杨家将戏中，只要杨家将出马，总是"鞭敲金镫响，齐唱凯歌还",打得那些小政权齐对宋称臣,再不敢觊觎大宋。这些戏都可谓借古讽今,通过讴歌杨家将对宋王朝的忠心耿耿无往不胜,讽刺那些小政权痴心妄想入主中原。

第三,对某些历史成见进行深刻反思。在男权社会,男人们误国,却往往将祸根算在女人头上,妲己误商纣,褒姒误周幽王,杨贵妃误唐明皇,似乎每一个亡国之君背后总有一个误国殃民的女人,称为"红颜祸水"。《汉宫秋》中那些文臣武将都同意送昭君和番——不顾昭君已经是皇上的妃子,理由是"自古以来,多有因女色败国者"。借汉元帝的口作者痛斥:"兴废从来有,干戈不肯休。可不食君禄,命悬君口。太平时卖你宰相功劳,有事处把俺佳人递流,你们干请了皇家奉,着甚的分破帝王忧?"可以说,这已经是为红颜们正名了。最有争议的当属杨贵妃。唐玄宗前半生励精图治,任贤使能,唐朝走向"开元盛世"。谁知他宠爱杨贵妃,任用杨国忠,导致安史之乱,唐王朝从此走向下坡路。人们反思安史之乱的原因时,往往又把祸水源头归到杨贵妃身上,几成定论。《长生殿》虽以李、杨的爱情为主线,却对安史之乱做了深层次的反思,跳出了红颜祸水的窠臼,把主要责任放在了唐玄宗、杨国忠、安禄山等男人身上。

唐玄宗反思:"当日只为误任边将,委任权奸,以致庙谟颠倒,四海动摇。若使姚、宋犹存,哪见得有此?"

借百姓郭从谨之口分析根源:"只为那杨国忠呵,猖狂,倚恃国亲,纳贿招权,毒流天壤。他与安禄山十年构衅,一旦里兵戈起自渔阳……那禄山呵,包藏祸心日久,四海都知逆状。去年有人上书,告禄山逆迹,陛下反赐诛戮。谁肯再甘心扶钺,来奏君王。"

杨国忠、安禄山固然奸邪,但他们之所以能明争暗斗,欺上瞒下,安禄山之所以能积蓄力量起兵反叛,根本原因还在于玄宗昏聩失察,疏于国政，偏听偏信，完全失去了当年励精图治的雄心。这当然不是杨贵妃的错，没有她，还有别的女人。而杨贵妃之所以被迫自尽，完全是受杨国忠的牵连。"贵妃虽则无罪，国忠实其亲兄。今在陛下左右，军心不安。"言下之意，就怕危机过后杨贵妃反攻倒算，为兄报仇。为避免这种情况发生，不如让她先死，于是杨贵妃必须死。身为女流不干朝政，最后却要为朝政买单，这也正是唐玄宗在杨死后念念不忘、不断悔恨自责的原因之一。应该说，《长生殿》对历史的反思是到位深刻的。

南戏《金印记》则是对男儿当如何立身行事的反思。苏秦熟读诗书，满腹经纶，却始终不得志。家里穷得靠典当维持生计，连赶考的

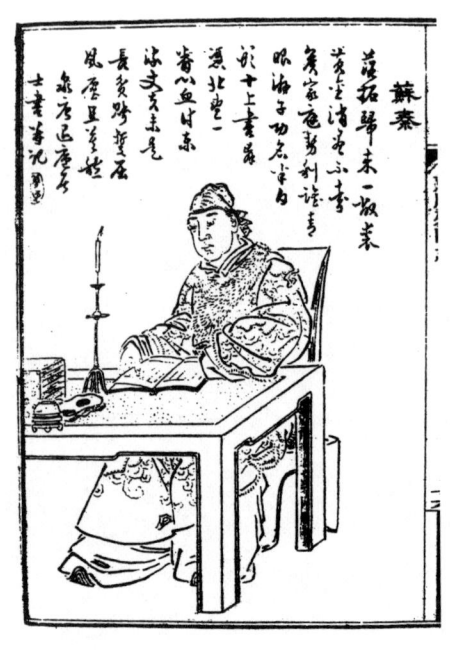

苏秦

选自《东周列国志》。苏秦，字季子，相传为鬼谷子的徒弟，战国时期著名的纵横家，可谓"一怒而诸侯惧，安居而天下熄"

路费都凑不出。应聘秦国遭商鞅嫉妒,落第而归,妻不下机,嫂不为炊,受尽父母家人的奚落嘲弄,几欲自杀。其兄从商,家财百万,受父母青睐,对弟弟却吝啬得一毛不拔。苏秦发奋苦读,终于身佩六国相印,衣锦还乡,一家人争先恐后趋前逢迎唯恐不及,其前何其倨,其后何其恭,人情的冷暖,世态的炎凉,于此毕现。最后一家人鸡犬升天,都受封赠。苏秦一家人都相信走经商之路才是男儿立身之本,一再讽刺苏秦"满腹文章不疗饥"。而苏秦则坚信"万般皆下品,唯有读书高",读书可立身。事实证明,苏秦通过苦读终于立身扬名,光宗耀祖,而他的哥哥仍然不过是个堆金积玉的土财主。作者通过这部戏告诉我们,"人情似此休炎冷,自古文章可立身",读书才是男儿立身行事的根本,只有通过读书才能实现儒家所提倡的孝道:"立身行道,扬名于后世,以显父母,孝之终也。"(《孝经·开宗明义章》)

小知识◎以身殉国的南宋将士

南宋最后的几年,在蒙元的猛烈进攻下,几名爱国将领拥立南宋小皇帝最后逃到了最南边——海南的崖山。蒙元对崖山发动总攻,宋军无力战斗,全线溃败,史称"崖山海战"。崖山海战极为惨烈,宋军在此役中阵亡10万,海上都是尸体。小皇帝赵昺随陆秀夫及赵宋皇族800余人集体跳海自尽,至此南宋彻底灭亡。身在元营的文天祥亲眼目睹惨状,作诗云:"羯来南海上,人死乱如麻。腥浪拍心碎,飙风吹鬓华。"

结语

明清传奇是以"四大声腔"中的昆山腔演唱的,就是今天的昆曲,词雅声悠,是上层社会休闲消遣的专利品。到了清代中期,地方戏开始崛起,总称"花部",以对应被称为"雅部"的传奇。尽管统治阶级采用种种行政手段打压地方戏的演出,但由于其草根性质,受到老百姓的欢迎,所以地方戏还是不可遏止地在草野民间流传开来。到了慈禧时代,四大徽班进京,受到老佛爷的青睐,从此京剧取代昆曲成为影响最广的地方戏,乃至今天被奉为国粹,昆曲反受冷落了。

关于地方戏的特色,焦循在《花部农谭》中说:"花部原本于元剧,其事多忠孝节义,足以动人;其词下质,虽妇孺亦能解;其音慷慨,血气为之动荡。"可以说,地方戏是北杂剧的进一步发展。明末清初北杂剧的地位为南戏取代,但它一直没有消失,仍然活跃在民间,并与种种民俗如祈禳、社日等结合在一起,所以具有顽强的生命力。各地上演的曲目,如山西、河北、南蒙一带的"赛戏",就有《单刀会》《华容道》《戏柳翠》等剧目;皖南傩戏剧目《陈州放粮》也与北杂剧《陈州粜米》有一定关联;至于贵州地戏、傩堂戏中表演三国、杨家将、岳飞、封神以及《柳毅传书》等历史、神话剧目,更直接与杂剧密切相关。

清末民初,救亡图存的主题日益突出,加之西学东渐,受西方新思潮影响，戏曲界开始刮起改良之风。改良的目的很明确，就是利用戏曲开启民智，宣传舆论，唤醒国民。以梁启超为代表，他受法国的福禄特尔用小说剧本唤起国人的启发，立志要"把俺眼中所看着那几桩事情，俺心中所想着那几片道理，编成一部小小传奇，等那大人先生、儿童走卒，茶前酒后，作一消遣，总比读那《西厢记》《牡丹亭》强得些些，这就算我尽我自己本分的国民责任罢了"。戏曲从"富贵功名的俗套"变而为变革图新、挽救危亡、"发人生忠义"的戏。影响较大的有写岳飞抗金的《黄龙府》，文天祥抗元的《爱国魂》，史可法抗清的《陆沉痛》等，还

邹容著《革命军》封面
邹容是中国近代资产阶级革命宣传家，因著《革命军》公开鼓动用革命的手段推翻清朝的皇权，建立资产阶级民主国家而被捕入狱，慷慨就义，年仅20岁

有反映现实的作品如写邹容入狱的《革命军》，徐锡麟、秋瑾殉国的《苍鹰击》《碧血碑》等。鉴于当时下层人民的受教育水平以及传播工具的有限，戏曲以通俗的、百姓喜闻乐见的形式传达民族的、爱国的情感，便具有了启蒙的现实意义。这些作品把传统的爱国思想与现实主题结合起来，人物形象高大，语言慷慨激昂，具有极强的时代感。但由于偏重于政治说教，多数作品只注意政治宣传，忽略了戏曲中人物的时代、身份，人物语言缺乏个性色彩，故艺术上的革新成就不大。

"五四"新文化运动高举民主和科学的大旗，高喊"打倒孔家店"，采取历史和民族虚无主义，完全否定儒家，否定传统，凡是与传统有关的都在被否定之列。表现在戏曲上便是不再弘扬什么忠孝节义，而是以"反封建、反专制、反礼教束缚"为主题，宣传民主与个性解放。如早

在"五四"运动前夕,梅兰芳先生就在辛亥革命和戏曲改良的启发下,认识到自己的社会责任,演出了《孽海波澜》《邓霞姑》《一缕麻》等宣传民主思想的时装新戏。评剧创始人成兆才根据1918年滦县发生的事件,编写出轰动一时的《杨三姐告状》,歌颂了普通百姓为求申冤公正所做出的不屈不挠的斗争,同时反映了旧中国的司法黑暗。秦腔易俗社作家范紫东所写的《三滴血》等,嘲讽了迷信教条和封建道学的虚伪。周信芳演出的《学拳打金刚》,反映了"五四"运动中爱国学生的革命激情。1923年"二七"大罢工后,周信芳又编写了《英雄血泪图》,表达了反抗暴政的主题。从20年代起,程砚秋陆续演出的《青霜剑》《荒山泪》《春闺梦》等,都是对当时的社会、政治进行尖锐批判和充满激愤之情的作品。特别是1931年"九一八"事变以后,在日益严重的民族危机中,更涌现了许多宣扬爱国主义的剧作,如梅兰芳的《抗金兵》《生死恨》,高庆奎的《煤山恨》《史可法》,郝寿臣的《荆轲传》,评剧李金顺的时装新戏《爱国娇》,"越剧十姐妹"的《山河恋》等。

　　随着两千多年专制帝制的终结,在"打倒孔家店"等运动的冲击下,儒学在人们心目中的地位一落千丈,但在现实生活中儒教礼法仍然是维系人与人关系的主要纽带,儒家所弘扬的爱国思想以及仁义礼智信等道德规范已经牢牢地扎根在人们的心中。这些优秀道德不仅是儒家的,更是整个中华民族的,无论在哪个时期都不会过时。新时期的戏曲作品在创作符合时代精神的作品的同时,也接受了儒家的这些优秀思想。如越剧《五女拜寿》让人们在感受人生的兴衰荣辱、世态炎凉的同时,也不断思考"何者为孝"的问题。新编历史剧评剧《胡风汉月》写文姬归汉的故事,但已不再是华夷之分,而是体现胡汉一家民族团结的主题。滇剧《瘦马御史》歌颂了御史钱沣廉洁奉公、不惧权贵、为民请命的清官形象。京剧《贞观盛世》在歌颂魏徵直言敢谏的同时,历数了为官之道,并发出了居安思危的警告,属于典型的借古讽今戏。

如何利用戏曲这一艺术手段弘扬传统儒家中的优秀思想,使之与现实需要紧密结合起来,做到古为今用,仍然是今天的戏曲工作者面临的课题。

小知识◎朱熹是假道学吗?

十几年前,黄梅戏音乐连续剧《朱熹与丽娘》热播,并接连获得飞天奖、金鹰奖和攀枝花奖。剧情如下:丽娘的母亲严蕊20年前乃一名妓,因与唐守备(即唐仲友)的关系而受牵连下狱,后嫁与宋室一远亲,生下丽娘。朱熹为其上表请封,封为贞洁烈妇。丽娘欲以美色勾引朱熹,使其身败名裂。朱熹决定纳丽娘为妾,但丽娘被前夫的小叔子认出,学府衙门立刻前来兴师问罪。丽娘自焚而死,朱熹追悔莫及。剧情的最后,年老的朱熹与他年幼的儿子拜倒在丽娘坟前,他告诫儿子须年年来祭奠,因为坟中之人是他们的救命恩人。

且不问朱熹是否真有这段风流韵事,单就故事而言,其实是很感人的。但是剧中的朱熹却被活脱脱刻画成一副面目可憎的假道学嘴脸。一方面他一本正经给学生讲"存天理,灭人欲",拼命压制自己的情感,拒绝丽娘的引诱,说自己"守身如玉,不近女色";另一方面听夫人建议说要在朱熹弟子中找出众者聘嫁丽娘,便立刻说谁也别想娶丽娘,他要把丽娘培养成德才兼备、和他朱熹比肩的一代女才人——真不知他用意何在。当夫人知道丽娘身份后,阻止朱熹娶其为妾,但又不肯说明原由,朱熹以为是夫人嫉妒，就威胁说"你就不怕我休了你吗"，简直一副流氓的嘴脸。夫人急得旧病复发，倒在床上，朱熹连扶一下或安慰都没有，径直拂袖而去，真是喜新厌旧。——为了把朱熹刻画成一个假道学、伪君子模样，编剧连基本的史实都不顾了。

历史上的朱熹的确与台州守备唐仲友有一段至今仍扑朔迷离的公案。淳熙八年（1181年），朱熹任提举浙东常平茶盐公事，时逢浙东地区灾荒连连。巡至台州境内，朱熹以台州守备唐仲友促限催税、违法扰民、贪污淫虐、蓄养亡命、偷盗官钱、伪造官会等罪名连章弹劾，章凡六上，唐仲友亦上章自辩，指责朱熹"疾恶太严，所谓偏隘"。经过朝廷反复斟酌，唐仲友被罢职，朱熹也因此辞职。朱熹为何抓住唐仲友不放？他弹劾唐的罪名是否属实？据各种史料和朱熹的奏章，唐仲友的确德行有亏，但绝不是那种贪官污吏。朱熹嫉恶如仇，抓住唐仲友以公款刻书及与营妓有染这样一些于节行有亏之事大做文章，必欲除之而后快。而当时那么多贪官污吏，朱熹为何单单抓住唐仲友？当时的笔记小说就有多种说法，其中周密《齐东野语》卷十七《朱唐交奏始末》的说法最为流行。主要是陈亮不满唐仲友怠慢自己，遂在朱熹前说唐仲友坏话："唐谓公尚不识字，如何作监司？"朱熹衔恨，遂有此公案。

朱熹像

朱熹（1130～1200年），字元晦，号晦庵，人称考亭先生。南宋徽州婺源（今属江西）人，著名思想家、理学大师，其所作《四书集注》从元朝中期开始成为科举考试的教科书

后来，这种说法被明代凌濛初写成小说，收进《二刻拍案惊奇》卷十二《硬勘案大儒争闲气 甘受刑侠女著芳名》。小说中朱熹严刑拷打唐仲友的红颜知己——歌妓严蕊，要她招认与唐通奸，严蕊却拒绝诬陷。最后，严蕊嫁与一宗室为妾。黄梅戏《朱熹与丽娘》就是以此为背景，继续往后编故事的。笔记、小说已属野史，是否属实需要严加甄别，而《朱熹与丽娘》却把它当作信史看待，把朱熹当成一个道貌岸然的伪道学加以嘲讽，实在是对历史的不敬，对理学的无知。

朱熹继承北宋二程道学，融合各家学说之长，被誉为道学的集大成者。他的学说在当时只是一家之言，与之并行的还有象山心学、浙东婺学、事功学派等等。朱熹晚年因影响日广，弟子遍天下，遭到朝中小人的嫉恨中伤，遂有"庆元党禁"。其学说被定为伪学，其著作被禁止传播，他生命中的最后5年甚是艰难。朱熹共有3个儿子：朱塾、朱埜、朱在，并非如连续剧所说只有一子。程朱道学直到元代中期以后才逐渐成为统治思想，明清时期极端化，所谓的封建卫道士、礼教维护者才大量出现，不过这与朱熹已经无关了。

就如《琵琶记》中的蔡伯喈、《荆钗记》中的王十朋、《香囊记》中的张九成与历史上真实的蔡伯喈、王十朋、张九成完全不同，这些戏只是假托历史人物而敷衍故事，并宣扬儒家理念以实施教化而已，我们也可以将黄梅戏《朱熹与丽娘》当作借朱熹而铺排的一段凄美的爱情故事。只是前3部戏中的主人公都是德才兼备的正人君子，无伤古人，而后者却丑化了朱熹，这未免亵渎了朱熹这位理学大儒、一代宗师，误导了观众，这样的戏还是少点为妙。

图书在版编目（CIP）数据

礼情交响：儒家与戏曲 / 刘玉敏著. — 郑州：中州古籍出版社，2014.7
（华夏文库）
ISBN 978-7-5348-4649-6

Ⅰ.①礼… Ⅱ.①刘… Ⅲ.①古代戏曲 – 文学研究 – 中国 Ⅳ.①I207.37

中国版本图书馆CIP数据核字（2014）第004720号

华夏文库·儒学书系
礼情交响：儒家与戏曲

总 策 划	耿相新　郭孟良
责任编辑	梁　郁
责任校对	周　靖
封面设计	新海岸设计中心
版式设计	曾晶晶
美术编辑	曾晶晶
责任印制	刘新毅
项目统筹	单占生　萧　红（执行）

出　版	中州古籍出版社
	地址：河南省郑州市经五路66号
	邮编：450002
	电话：0371-65788693
经　销	新华书店
印　刷	河南新华印刷集团有限公司
版　次	2014年7月第1版
印　次	2014年7月第1次印刷
开　本	960毫米×640毫米　1/16
印　张	8印张
字　数	60千字
印　数	1—3000册
定　价	21.00元

本书如有印装质量问题，由承印厂负责调换